대만의 독자 여러분들
만나서 반갑습니다 ♡

우리 믿음을 잃지 말아요!

2025. 4

박상영 ♡

臺灣的讀者朋友們，
很高興認識大家。

願我們都不要失去信念！

2025.4
朴相映

信任的模樣

믿음에 대하여

朴相映

박상영

目錄

各界推薦

每當我讀朴相映的小說，生命中感到深深孤獨的時刻就會浮現在我腦海中。很少有作家能如此細膩地描繪孤獨的感覺。我同情那些失去珍貴的東西、毀掉辛苦建立起來的一切、四處漂泊尋求穩定卻只能勉強維持生計的人們，也同時得到了只有優秀小說才能給予的安慰。一個人看著一扇巨大的、有裂痕的玻璃窗，彷彿隨時破碎也不足為奇。窗外，大雪紛飛，望著心愛的人走過，距離卻遙不可及。我可以在這本書裡久久凝視那片孤獨卻又美麗的風景。我向那些想深入了解朴相映世界的人推薦本書。

——小說家崔恩榮（著有《祥子的微笑》《對我無害之人》《朗夜》等）

我們這一代人竭盡全力，試圖過著與上一代人不同的生活，上一代卻總是把「現在的年輕人啊」當成批評的理由，但最終我們這代年輕人的眉宇之間卻出現了與前輩們相似的皺紋。就像在滿月時許願但希望中樂透而非中愛情頭獎的場景一樣，這些故事仍因為穿插了輕鬆的笑話而更加感人。難道他們永遠無法安於那種公寓平面圖般的幸福，是因為他們夢想的生活充滿了重複的、絕望的時刻，而不是平淡卻永恆的瞬間嗎？對於這種情況，我們該說是他們不相信愛情，還是說他們太相信愛情了？這本書是為剛步入社會的大人們準備的成長小說。

——作家黃善宇（著有《兩個女人住一起》等）

臺灣版序言

臺灣的讀者朋友們，大家好。

能夠藉由這種方式與各位認識，是我的榮幸。

臺灣對我來說，是一個擁有特殊回憶的國家。

猶記二十歲出頭時，我努力把所剩無幾的錢存下來旅行，去了一趟臺灣。這個以食物美味聞名的國家，街頭巷尾的確遍布了令人垂涎的美食。正當我忙著四處尋找食物、準備大快朵頤的時候，突然間，天空像破了一個洞似的，傾盆大雨落下。當時我穿的帆布鞋很快就積滿了水，雨勢之大，連內衣都徹底濕透。於是我匆忙跑進附近的麥當勞躲雨，最後不得不中斷行程，返回住處。

回到住處後，我洗了個熱水澡，順便洗去一天的疲勞。就在我準備將滴著水的鞋子倒掛在陽臺的欄杆上晾乾時，忽然看見陽光從窗戶灑進來，於是打開窗戶、探頭出去看，發現遠方的天空竟然掛著一道彩虹。那一刻，我感覺像是剛經歷一場刻骨銘心的戀愛，非常接近初戀的那種愛情。自此之後，臺灣便成了會讓我想起「初戀」的國家（當然，不可否認也有受到我所喜愛的諸多臺灣青春電影、電視劇和小說影響）。

在韓國，《信任的模樣》常與《在熙，燒酒，我，還有冰箱裡的藍莓與菸》、《想成為一次元》並稱為「愛情三部曲」。《想成為一次元》描繪的是十世代的青澀戀愛，《在熙，燒酒，我，還有冰箱裡的藍莓與菸》展現的是二十世代熱情如火的戀愛，而《信任的模樣》則是呈現一群邁入三十歲、被職場生活折磨得不成人形的人們，叩問著愛情究竟有何意義的作品。在我看來，《信任的模樣》探討的愛情是三部曲當中最成熟的一種。

《信任的模樣》是我在二〇一九年開始撰寫，並於二〇二二年畫下句點的作品。當時的我，與世界每個角落的人一樣受困在家中，過著因疫情而不便的日常生活。那段時間原本可能會充滿孤獨，但是勾勒出小說裡的四位主角、讓他們在書中鮮活起來，我就不覺得寂寞了。所以這本小說也可以算是拯救了那個時期的我。

《信任的模樣》細膩地描繪了二〇二〇年生活在首爾的「普通人」的故事，也記錄了因疫情而不得不適應前所未有生活的人們，打破過去原以為「只要努力就能過比較好的生活」這種信念；然而，我仍然想將那些沒有放棄愛的希望、不斷努力尋找生活信念的人們，寫進這本書中。

最重要的是，希望大家能好好享受這部作品，閱讀愉快。

二〇二五年，四月，首爾

朴相映

現在的年輕人

金南俊

攝影機關機。

黃恩彩剛比出ＯＫ手勢，南前輩就已經迫不及待從位子上起身伸了個懶腰，他那身西裝筆挺而非牛仔褲的打扮，在公司裡依舊少見。南前輩似乎察覺到我的視線，笑著說：「欸，我看你倒是滿適合YouTube的嘛！腳本沒有臺詞，反而表現得更好。」

「所以在有臺詞腳本的節目裡，我的表現是有問題的嗎？」我雖然在心中這樣想，但是依然擠出皮笑肉不笑的笑容附和道：「真應該和前輩您一起開一個YouTube頻道！」

黃恩彩聽見我說這句話，笑著說：「金記者，空口說白話的習慣還沒戒掉啊？」機靈的南前輩用暗中帶有輕視的口吻插話說道：「咦？黃製作人，妳說，當初和金記者是怎麼認識的啊？」

眼看黃恩彩開始支支吾吾，我連忙回答：「參加輿論媒體公司考試時，我們是讀書會同學。」

「原來是這樣啊！那還真是難能可貴的緣分，太棒了。至少兩人都發展得不錯，還能重新相遇，真的是太棒了。」

這是南前輩特有的說話方式，喜歡無限重複同樣的話尾。雖然在我看來是語彙能力不足，但是在節目中，這種說話方式反而奏效，也許是因為音軌不會有空檔的緣故吧。不能有空檔的音軌。

這也是南前輩在進行新人記者教育訓練時，往往會最先強調的注意事項。

「只要音軌空白五秒以上，就是播出事故了。」

曾經，我也將他的話視如格言，還抄寫下來，然而，這段往事也恍如隔世，早已記憶模糊。

「我急著上廁所，先離開了。再麻煩幫我向代表問好。」

他附帶一句根本不需要特別交代的藉口，還向黃恩彩行了個九十度的鞠躬禮。明明時不時會偷偷省略敬語[1]，卻又表現出這樣的舉動，可見在江湖上打滾十五年也不是白混的。擔任主播室長的他，一直自認是有能力的社會人士，事實上這樣的判斷有相當部分是正確的。在我的記憶中，南前輩從新人至今一直都是公司的活招牌，甚至在過去幾年間舉辦得零零落落的言論工會罷工案裡，也是擔任工會的代表人物。無論隸屬於任何團體，永遠都是裡面的核心人物、懂得將團體利益與個人定位一致化，我對於這類型的人總是心懷憧憬，同時也深感訝異。

黃恩彩親自將前輩送到門外，再重返會議室，然後放聲大笑地說：「你說我們是讀書會同學？什麼時候反應變這麼快了？」

1 編注：敬語是韓語中用於表達敬意的一種方式，以表示說話者、說話對象、話中人物之間的社會階級、親疏等關係。

「算了吧，畢竟看人臉色吃飯也吃了三年，自然練就一身說謊不用打草稿的功夫。都說記者的屎連狗都不會吃[2]，我有進步的地方也只有心裡受罪和耍嘴皮子而已。」

「也是，的確不太適合坦白告訴他一切，也不是多麼值得一提的事。」

這時，我才終於明白原來我們的過去早已變成不適合坦白說出口、不值得一提的事情。曾幾何時，我們還一起共事過，那個空間也是我們的驕傲，可惜如今再也不是了，這不禁讓我感到有些尷尬。

黃恩彩說道：「時間允許的話，難得的機會，要不要一起喝杯咖啡？」

「好啊。」

黃恩彩揹起放在桌上的黑色後背包，她那頭剪短到頸部線條清晰可見的短髮左右搖擺，一身寬筒牛仔褲配大尺碼飛行夾克，看上去很適合她。過去的她，總是堅持穿著端莊卻顯得與自己不適宜的兩件式套裝，但現在的她和我認識的二十多歲的黃恩彩早已不同，感覺像變了一個人。

坦白說，在接到黃恩彩的主動聯繫之前，我從未想起過她。

幾天前，當我看到一封標題為「邀請參加 YouTube 頻道節目」的電子郵件時，忍不住先嘆了一口氣，自從在非自願的情況下備受輿論矚目後，最近收到了許多奇奇怪怪的邀約。前不久，才剛發生一起大事件——公司經營管理階層換了一批新血，南前輩華麗回歸，而我則是在工會罷工時臨時聘僱的約聘人員當中，唯一一個轉為正職的人，結果我和南前輩竟被選為一同播報晚間八點新聞的主播。菜鳥記者被選為播報重點時段新聞的主播本來就是一件極為罕見的事情，更何況是和南前輩一起播報，自然會引來許多不必要的關注。正當我一如往常地以為應該只是沒什麼營養的頻道在亂槍打鳥邀約來賓、打算忽視那封信時，突然發現寄件人的姓名有點眼熟，再次確認一看，原來是我第一份工作時唯一一個和我同梯報到的同事——黃恩彩，距當年已隔了整整五年。

黃恩彩在我任職的B電視臺所屬的媒體集團合作廠商工作，主要製作YouTube或Podcast等節目，是一間新媒體製作公司，由罷工時離職的前教養部門[3]部長創立，因此經常製作與我們公司有關的影音內容。

信中的內容與其他節目的邀約內容大同小異，由於正值公開招聘季，他們預計邀請新員工和部長級主管來上節目，分享自我介紹信件的撰寫方法及順利入職媒體公司的小技巧。

2 譯注：此處是指記者這份苦差事連狗都不願意做。

3 譯注：電視臺裡面的部門單位，專門負責製作教養類型的電視節目，教養節目的內容一般以科學、文化藝術、政治等專業領域為主題，主要目的為豐富觀眾的知識，具有教育的意義。

儘管這樣的企劃概念早已不算新穎——在一個關注度很高的就業影音內容中，以綜藝方式呈現最近備受關注的新舊世代差異——卻觸動了比誰都還要認真打拚至今的我，內心深處的某一塊。

收到來信不到十分鐘，南前輩便打電話來，他一如往常地用刻意以問句型式包裝、實則命令的口吻說：「我認為這份企劃不錯啊，也不會讓人有過度政治角度解讀的餘地。金記者，你認為如何？」

竟然認為不會有任何政治解讀的餘地，怎麼可能？光是我們兩人的臉同時出現在YouTube影音節目中，就已經具有非常強烈的政治意味了，這一點無論是前輩還是我都心知肚明。然而，拋開一切，我之所以答應參加這次的邀約，純粹只是因為想見黃恩彩。

黃恩彩帶來一位後輩職員，看起來很年輕，提著一只裝有麥克風發射器、燈光和三腳架的箱子，用一種明顯帶有催促的口氣問道：「前輩，請問我等一下還需要回公司嗎？」

黃恩彩回答後輩，請她可以先回家，但是明天早點上班，把設備器材放到辦公室裡就好。後輩職員簡單點了頭，便頭也不回地轉身走出了會議室。

「那位看起來滿有個性的嘛。」

「別提了，現在的年輕人很做自己吧？」

在這句話脫口而出的瞬間，黃恩彩突然睜大眼睛，似乎連自己都感到驚訝，然後開始笑著拍打我的手臂。曾幾何時，居然會從黃恩彩口中說出「現在的年輕人」這句話，這可是我們一起聽過的輕蔑稱呼。我一面心想她哈哈大笑時拍打旁人的習慣依舊、打人的手勁力道也依舊，一面誇張地揉著自己的手臂。我對黃恩彩說：「話說回來，妳竟然已經是前輩了，實在好不習慣。」

「我可不只是前輩，還是我們公司從上面數來前幾位喔！我們居然都已經到了這個年紀。」

「說什麼呢，我到現在都還在當新人。」

黃恩彩沉默了一會兒，終於聽明白了我的意思，於是放聲大笑。我笑了笑，和她一同走出了會議室。

◇ ◇ ◇

對我來說，《Magazine C》之所以具有超出文化雜誌的意義，可能因為那是我永遠回不去的第一份工作。

我會進入這家雜誌社，純粹基於偶然。某天，我接到了就讀大學最後一學期時一起上過幾堂課、關係不錯的前輩來訊聯絡，他剛當上記者，告訴我某間雜誌社剛好有釋出編輯職缺，發行的雜誌名稱為《Magazine C》，我也知道那間雜誌。雖然規模不大，但是訪談內容出色，在雜誌界和文化界占有穩固地位。我當時面對這項突如其來的提議有些不知所措，但他直接語帶肯定地說：「我為什麼會打給你，就是因為你很能幹啊！」

無論過去還是現在，我只要被稱讚就覺得一定要做到超出對方預期，於是，我趕快整理了過去在學校報社寫的新聞、散文，集結成作品集。

平安夜，鵝毛大雪飄落在新沙洞林蔭道上，我感受著比雪花還要多的人潮推擠著我向前走，好不容易才找到《Magazine C》辦公室。辦公室位於一棟老舊的四層樓建築內，在臉部輪廓整形外科大樓與專門注射肉毒桿菌的皮膚科大樓之間，像個陷阱一樣夾在中間，實在讓人難以相信這樣的建築竟位於江南的精華地段。一樓店鋪是一間千元商店，招牌上積滿灰塵，繞到一旁則出現一道堆滿紙箱的階梯。我小心翼翼避開紙箱，爬上二樓，走進《Magazine C》辦公室。所謂面試地點，並不是多麼體面、特地準備的空間，就只是在一張放在大書櫃後方的十人座大桌子處進行面試。書櫃上整齊排列著《Magazine C》的過期刊物。除了我之外還有十幾位面試者在等待，他們看上去都非常時髦、精緻，像極了早已準備好加入雜誌社的完美人才，不禁讓我有點想自動放棄，反而變得不再緊張。

那次面試的過程頗為平淡，面試官幾乎都是女性，只有總編輯是一名中年男子。女面試官們問了我幾個關於作品的細節問題，以及我在《Magazine C》看過印象最深刻的報導是什麼、何時可以開始上班等問題。面試過程中一直沉默不語的總編輯，在面試尾聲問我還有沒有其他想問的問題，我詢問實習期間是多久，他則是用一種讓人難以捉摸的表情簡短回答：「大概三個月吧。」我還記得當時那間辦公室實在太冷，害得我在面試過程中不斷搓揉自己的膝蓋。接到對方通知我聖誕節隔天去上班時，我反而開始感到有些不安，早知道就應該相信自己當時的直覺。

十二月二十六日，第一天上班最先迎接我的人是同梯入職的黃恩彩。她畢業於首爾的A女子大學國文系，曾於一家網路新聞社擔任實習記者，再憑藉這份經歷進入了《Magazine C》，和我一樣擔任採訪編輯。我們因為同年，所以決定直接使用半語[4]說話，當時，一名長髮及腰的高個子女生走來，她的中分髮型整齊得像剛從古裝劇裡走出來的人，有著銳利眼神和蒼白肌膚，聲音卻像小孩般充滿鼻音。儘管如此，她說話的語氣仍帶著某種穩重，摻雜著在社會上打拚多年的冷靜沉穩，讓人一聽馬上就會感受到此人絕對資歷不淺。她向我們自我介紹，說是採訪編輯組的首席記者，將帶領我們並指導工作內容，名叫裵書貞。

裵書貞把我們帶到了兩天前進行面試的書櫃後方的十人桌子，一旁堆滿著紙箱，她指

4 編注：相較於敬語，半語是強調說話者與對方的親暱關係，也常使用在和同輩交流的非正式場合。

派了我們第一項任務——將雜誌寄送給咖啡廳和訂閱的讀者。方法很簡單，只要把雜誌放進《Magazine C》規格的袋子裡，貼上地址，再放進紙箱裡即可，她還說為了宣傳可以免費發送至一些咖啡廳或大學。雖然對外宣稱每月發行量達兩萬本，但我不禁心想，實際銷量應該沒有這麼多。整日進行枯燥乏味的簡單工作期間，我和黃恩彩也分享了彼此的生活。她來自慶尚道，雖然給人的第一印象有距離感，說話時卻是使用爽朗的方言，性格也十分直爽。我們喜歡的音樂、電影品味也很相近，所以很快就拉近了距離。於是就這樣一邊悄悄閒聊，一邊把當時在嘻哈選秀節目中備受歡迎的歌手面孔裝進了約莫三百個信封袋裡。結果一個不留神，我的手指被紙割傷，黃恩彩驚慌失措地問我還好嗎，此時裴書貞穿著拖鞋，啪噠啪噠地走了過來。

「你們在笑什麼，那麼開心？」

她用她特有的口吻問我們，然後盯著我的手指看了一會兒，什麼反應都沒有就轉身離開了。我把流血的手指含在口中，心想她那頭分線整齊的中分髮型竟然還綁成高馬尾，看起來更加高冷了。手指流的血，味道有點腥。

接下來，我和黃恩彩接到的任務是，從早到晚不間斷地沖泡滴漏式咖啡，並且為辦公室裡的一棵大橡膠樹澆水。我們很快就達成協議，白天的咖啡由住得離公司近的黃恩彩負責，中午的咖啡則是由吃飯迅速的我來負責沖泡，而橡膠樹的部分也由相對坐在距離花盆較近的我澆水。

開始工作後的一星期，那幾天我們都在翻閱排列在巨大書櫃上超過百本的《Magazine C》過期刊物，研究雜誌的結構和定位。我們的師父裴書貞也會時不時要求我們整理出每篇報導的「要點」。裡面有許多有趣的採訪，從純藝術到大眾文化類的主題全部都有。閱讀雜誌時，我沉浸在美好的夢想中，充滿期待地想著，總有一天，也就是在三個月的實習期結束後，或許就能見到這些知名人士。

◇ ◇ ◇

幾天後，第一場企劃會議展開，出席人有三名首席記者、總編輯、實習生黃恩彩和我。講好聽是企劃會議，實際上是黃恩彩和我各自發表企劃案，再被單方面評論、指責的場合。據說當時已經完成一輪組織重整，編輯部人員早已砍半。

第一次企劃會議結束後，我和黃恩彩陷入了各自的苦惱。首先，我們提出的企劃案一項都沒有通過，前輩們把最好的新聞題材先選走了，安排給我們的工作則是將廣告主廣發的資料像鸚鵡一樣照抄下來寫成宣傳稿，或者替一位以拖稿著名的精神專科醫生代寫諮詢專欄稿件，以及在街上到處做問卷調查和簡短採訪。我們還要負責管理公司的官網與社群媒體帳號——據說這件事情本來就是由公司裡的菜鳥負責——於是，黃恩彩被指派管理官網的讀者留言板和活動網頁，而我則負責管理Twitter[5]帳號，每天下午兩點鐘要上傳報導。黃恩彩和我帶著初生之犢不畏虎的熱情，每一件事情都全力以赴。像她就是反覆閱讀讀者留言板上那些平凡無奇的故事，只為努力挑選出最合適的投稿；而我則是帶著攝影記者奔波於狎鷗亭洞和新沙洞[6]一帶，想盡辦法尋找可以採訪的對象。由於辦公室裡面冷到即便有開暖氣嘴巴也會冒煙的程度，所以我在網路上訂了一臺一萬韓元的中國製暖爐，放在腳邊取暖。那臺暖爐只要開太久就會太燙，關掉又會很快感覺雙腳發冷，所以要不斷地開開關關。我們的師父裴書貞則總是用髮夾盤起那頭長長的秀髮，再用食指將眼鏡往上推，然後用她那特有的犀利眼神暗中觀察著我們。

某天，廁所的水管徹底凍住。總編輯命令我去通馬桶，我搓著凍僵的手，花了大半天一直往馬桶裡倒熱水，但是由於排水管凍得太結實，水根本沖不下去。我帶著凍到通紅的鼻子，將此事告知了總務部，結果得到叫技師來修理要三十萬韓元以上維修費的答覆。總編輯聽聞我轉達這件事情後嘆了一口氣，叫我列印一張「禁止使用」的公告貼在廁所門口。儘管我不曉得以後辦公室裡的人該如何解決如廁問題，但是我沒有多問，只是按照指示將公告貼在廁所門口。回到座位時，裴書貞盯著自己的電腦螢幕對我說：

「你說說看自己哪裡做錯了。」

我瞬間腦袋一片空白，什麼話也答不出來，支支吾吾。裴書貞再次用平靜的聲音問：

「現在幾點呢？」

「四點。」

「所以兩小時前你應該要做什麼？」

這下我才想起自己負責的工作——在Twitter上傳更新內容，於是反射性地立刻鞠躬道歉說對不起，然後用凍僵的手連忙在Twitter上傳最新報導。我嚇得手都在發抖，覺得自己犯了滔天大錯，要是師父早點跟我說該有多好。儘管內心對於裴書貞充滿「她怎麼能眼睜睜看著我為了修理馬桶孤軍奮戰一整天都默不作聲」的埋怨，但我也嘗試努力盡快擺脫這樣的情緒。

我現在是實習生，亦即，正在學習新事物，裴書貞前輩身為師父，是在指導我身為記者該具備的態度（守時守信）。像今天這樣的失誤，對於「正式記者」來說是絕對不被允許

5 編注：現已更名為X，是美國盛行的一種社群軟體。使用者可以發布文字訊息、圖片和影片進行互動。

6 編注：狎鷗亭洞及新沙洞皆位於江南區，緊鄰漢江，聚集許多國際精品及設計師品牌，被視為時尚潮流中心，也成為年輕人及外國旅客的熱門去處。

的，所以我必須先把情緒放一邊。

我打開手機，設定好每天下午一點五十五分的鬧鐘功能。

直到寒流結束為止的那半個月期間，辦公室裡的人都只能使用隔壁棟整形外科的廁所，我和黃恩彩的臉皮薄，實在不好意思獨自去使用陌生診所的廁所，所以總是相約一起去上廁所，也把那裡當自家院子一樣，一面有說有笑地聊天，一面穿梭在那些臉部纏繞著繃帶的人群之間。每次從廁所返回辦公室的路上，我們都會覺得這樣實在很可笑，可是笑完又會陷入一股莫名的空虛。

◇ ◇ ◇

以實習記者身分參與的第一本雜誌出刊後，開始迎來一連串針對我們所寫報導的批評指教。黃恩彩和我縮著肩膀坐在大桌子前，總編輯和前輩們似乎對於我們寫的報導有諸多意見。出身國文系文藝創作社團的黃恩彩得到了「文筆與寫作基礎不足」的評價，她頻頻點頭，不曉得是因為有失尊嚴還是純粹因為天氣冷而臉頰泛紅；裴書貞則是看了我寫的短篇採訪後，把一本過期刊物直接扔給我，叫我分析如何從採訪對象口中問出令人耳目一新的回答。我快速閱覽，發現內容充斥著許多無關緊要的問題，如：今天吃了什麼？喜歡吃印度咖哩嗎？看不出有什麼特別之處。我不明白可以從那篇報導中學到什麼、需要分析什麼。

令人困惑的不只這些，最終校稿時，總編輯還將我寫的採訪稿中所有語尾詞「吧」都改成了「啊」[7]，而我在會議快結束時，小心翼翼地問了師父裴書貞：

「前輩，為什麼要把『吧』改成『啊』呢？」

在一旁聽聞這句話的總編輯露出了他特有的老油條笑容，說道：

「嗯，站在你們的立場，的確可能會混淆。」

然後又補充道，我們雜誌是走親近大眾、使用輕鬆語言的路線，所以會將「再見」寫成「在見」，「覺得」改成「覺的」[8]，我思考了一會兒不將字寫正確與貼近大眾究竟有何關聯，但很快就決定放棄思考。

總編輯突然問我大學專攻哪一科，並表示自己也是英文系畢業，開始滔滔不絕講起他在大學期間投身民主化運動的故事。接著又開始一連串的訓話，以「疏於閱讀古典書籍的當代年輕人」為主題，強調我們這些菜鳥記者應該要培養基本素養和批判性的思維，說著說

7 譯注：原文中是把「했고요」都改成了「했구요」，這是過去式的語尾詞，沒有任何含意。

8 譯注：前者原文是將「바람」寫成「바램」，後者原文則將「했고요」改成「했구요」，兩者皆是類似中文的「再在」「得的」不分的情況。

著，他走到自己的辦公桌前，從書架上取下《德米安》和《在輪下》[9]遞給我們，那是由譯文慘不忍睹聞名的D出版社出版的世界文學全集。黃恩彩和我一臉尷尬地接過那兩本書，回到了各自的座位上。我將《在輪下》放在桌上，然後再將只適用於《Magazine C》的錯字寫在便條紙上，貼在電腦螢幕旁，畢竟每一個組織都有其專屬的文法，我只想盡快適應這裡的「文法」。

◇ ◇ ◇

實習期間，黃恩彩和我每個月只領八十萬韓元薪水，每天卻要從早上九點半上班到晚間八點，晚的話甚至到十一點才能下班回家；每個月也總會有一兩天需要熬夜趕截稿。由於公司沒有額外補助午餐和晚餐，所以扣掉餐費和上下班交通費，收入已所剩無幾。然而，我們並不在意，因為我們心懷希望，只要熬過這段苦日子，之後一定會迎來更美好的人生。

黃恩彩和我每天都因各種不同原因而被訓斥，但畢竟是從高競爭率中脫穎而出才進入公司，所以也不至於無法完成上頭指派的交辦事項，只是無論多麼全力以赴，還是會備受指責。

師父裵書貞下的指導棋則是缺乏一貫性，有時要求寫出適合張貼在網路上的文章時要使用許多流行用語、風格要活潑，但是當我們以輕鬆的口吻撰寫，又會被批評缺乏分量感、修飾感過重，最後一貫的結論則是：不符合《Magazine C》的調性，全部重寫。即便我們翻閱大量的過期刊物，將前輩們寫的報導反覆閱讀到幾乎都能背出來的程度，仍然搞不清楚究竟要怎麼寫才符合《Magazine C》的調性。雖然我們嘗試提問具體要修正哪個部分，但是鮮少能得到明確回答，無論問什麼都只會得到嚴厲的反問：「我是來專門回答你們問題的嗎？是不是沒有好好分析報導？」每當大家聚在一起吃午餐，前輩記者們都會語帶調侃地說：「現在的年輕人都沒有求知慾，不想知道也不提問，這都是因為從小只按照父母的意思去補習、被動讀書學習所導致。」進行一番一點也不新穎的世代分析。說出這番話的裴書貞和我們其實也只差四歲而已，我忍不住心想：「明明才比我們大四歲，用『現在的年輕人』會不會有點說不過去。」

黃恩彩是因報導內容撰寫的問題經常遭受主管指責，我則是因為沒有即時回覆Twitter留言或私訊而被批評缺乏責任感。最後，我用手機登出了自己的Twitter帳號，改用《Magazine C》的帳號保持登入，並設定如有新增留言和私訊都會跳出通知。我下定決心，充滿鬥志，要帶著捕蚊子的心情，迅速即時地回應每一位讀者的意見。

9 編注：《德米安》《在輪下》皆是知名德國作家赫曼．赫塞（Hermann Hesse，一八七七年～一九六二年）的代表作。

◇ ◇ ◇

我仍然記得第一次獨自去採訪的那天。

我為了撰寫一篇關於某位新銳藝術家的個展介紹，前往位於三清洞[10]的一間畫廊。我當時非常緊張。雖然只是撰寫一篇包含照片只有半頁篇幅的報導，但因為是以我的名字發表，所以格外用心準備。我調查了剛從紐約歸來的這位藝術家背景及作品履歷，瀏覽了英文網站，整理了有關對方過去的採訪內容。那場展覽不好也不壞，卻有些缺乏深度，整體氛圍是可愛繽紛的，適合放上Instagram分享。為了讓報導內容更充實豐富，我對常駐在展覽現場的另一名男藝術家進行了一個小小的採訪。對方看來是沉默寡言的類型，打扮也很酷，沒想到一開口竟然像午間廣播一樣滔滔不絕，把留學期間的苦楚與蘊含在自身作品當中的深奧意義、人生軌跡，甚至連寵物犬的品種等等全部都告訴了我，我甚至找不到打斷他的時機。眼看採訪時間已經超出預期，我決定稍作休息，並傳KakaoTalk[11]訊息給裴書貞。

—前輩，採訪時間拖得有點久，恐怕不能在下班時間前趕回到公司了。

—知道了。採訪結束後直接下班吧，明天上班前把錄音檔整理好。

—好的，謝謝。

—不過，你的大頭照和暱稱是怎麼回事？

—嗯？

我的KakaoTalk大頭照是一名當紅的男偶像歌手，暱稱則是「小豬」，因為自從開始上班後，體重突然增加，所以隨意取了這個暱稱。

—你到底在想什麼，都老大不小了，還放什麼偶像照配「小豬」？受訪者看到又會做何感想？你在外面可是代表著我們的雜誌社，立刻把大頭照和暱稱改掉。

我點開裴書貞的個人資料，發現大頭照是《Magazine C》當月發行的雜誌封面，暱稱則顯示為「Magazine C裴書貞編輯」，這才發現自己似乎犯下了有失專業的重大失誤，所以連忙更新了個人資料。如法炮製，和裴書貞用一樣的方式呈現。

短暫的休息後，我聽著受訪者又開始滔滔不絕地老王賣瓜，不禁感到疲累。回家的路上，我透過KakaoTalk聊天軟體傳訊息給黃恩彩，抱怨受訪者的廢話實在太多，聊到最後，不經意地提到裴書貞對我說的那些話，沒想到黃恩彩聽聞此事，馬上展現出強烈且激動的反應。

—喂，你也有被念喔？

10 編注：舊稱「北村」，位於韓國首爾鐘路區，區內保留不少朝鮮王朝時期興建的韓屋，自古即為上流階級居住的地方。近年咖啡廳與時尚小店林立，逐漸成為當地居民及外地遊客約會散心的新場所。

11 編注：目前韓國最大且使用率最普及的通訊軟體，使用者可進行通話、傳送訊息及照片。

—什麼意思？

—裴書貞前輩真的很奇怪，我的KakaoTalk大頭照本來也是放和男朋友的合照，結果午餐吃到一半，竟被她說「世界上只有妳有男朋友嗎？」叫我立刻換照片。

—什麼？有需要說成這樣嗎？

—就是說啊。而且她還質問說為什麼你和我都不追蹤公司的帳號？不主動發臉書的好友請求給前輩？這些不都是最基本的嗎？她氣到大罵我們連做人的基本禮貌都不懂。

—我們的個人帳號到底關她什麼事？說白了，這種要求等於侵犯我們的私生活，不是嗎？

—可不是嘛。不過話說回來，你知道裴書貞前輩是早稻田大學畢業的嗎？

—不可能。

—真的啊，我有聽到前輩們的聊天內容。

—真的假的？難怪聲音和整個人散發的氛圍都有點特別。她在日本生活了很久嗎？

—好像是從國中就過去那裡，一直到大學都待在日本的樣子。而且還是村上春樹的學妹呢！

—突然冒出村上春樹，哈哈！可是日本人並不會干涉別人的私生活不是嗎？

—不知道啊。難道是因為在日本生活得太壓抑才變成這樣？

——看來她只是在管教後輩和干涉別人私領域這方面，套用了韓國模式。

在那之後，我們還是針對裴書貞前輩被群體同化、失去個人價值、徹底沉浸在充斥著集體主義文化的韓國社會這些事，狂聊了約莫四十分鐘左右。

◇◇◇

直到某天，我終於確信裴書貞所做的事絕對是對我們感到厭惡、針對我們而來，並非純粹以師父之姿落實嚴師出高徒的理念。

當時正值我們製作的第二本雜誌出版時，我聽說《Magazine C》將在出版設計展上擁有獨立攤位，那是一場全國各地的雜誌社和獨立出版社等齊聚一堂的盛會，規模相當盛大，公司還說這是一年當中最重要的活動之一，因此有許多事情需要籌備。我們自活動前四天起就在辦公室裡忙著打包，活動當天也是最早抵達會場。黃恩彩和我站在宅配業者卸下成山成堆的紙箱前，感到茫然無助。其他雜誌社或出版社人員，都是三三兩兩聚集在一起忙碌著，但是我們打電話回公司，前輩們卻都說出去跑採訪了，叫我們先準備，還順便補充說要按照會議告知我們的方式，將海報張貼在攤位外牆上，並且將過期刊物陳列出來。儘管我們只有兩個人，實在沒把握能完成如此繁多的處理事項，但也沒時間多想。我們先將提前準備好的布鋪在桌子上，再把銷量不佳的過期刊物鋪放在下方，上方則擺放最新一期的雜誌，使其一眼可見，然後再將海報貼在展覽會場提供的塑膠桌腳上。等到把事先準備好的廣告宣傳資料和周邊商品擺放完畢以後，差不多是十點鐘左右，展覽即將開始，這時宣傳組的前輩們才陸陸續續現身展場。主辦單位一開放進場，就湧入超乎預期的人潮（這些人究竟是從哪裡瞬間冒出來的？），黃恩彩和我忙得不可開交，一邊發送宣傳資料，一邊推銷那些賣不出去的過期刊物，等待著其他前輩們前來支援。

裴書貞則是下午兩點後才抵達展場攤位。她一抵達就隨手將包包一扔，對我們大聲怒吼：

「你們到底是怎麼張貼這些海報的？」

儘管大量人潮正不斷湧入，裴書貞卻彷彿看不見這些客人，竟蹲坐在桌前，動手將我們張貼的海報一一撕掉。我站在一旁，內心糾結著到底該幫她一起撕下海報還是該低頭道歉；黃恩彩則是在忙著回答湧入攤位的人所提問的問題。這時，裴書貞突然憤怒咆哮：

「黃恩彩！妳還笑得出來？大家對妳笑，妳就這麼開心嗎？妳沒看到我現在正在做什麼嗎？我問妳，妳看不見嗎？」

黃恩彩錯愕不已，幾乎快要哭出來，原本正在參觀攤位的客人也都一臉驚恐地連忙離開現場，宣傳組的同仁則是對我們視而不見，故意做著其他事情。我實在不曉得該如何面對這種情況、該說什麼，只好不停察看大家的臉色，最後將裴書貞撕到一半的海報全數拆下。裴書貞嘆了一口氣，叫我們去拿新的海報過來。她拿著海報反覆比對，試圖找出最理想的張貼角度（裴書貞向來都對行列和角度非常執著），然後似乎是好不容易找到了她認為最適合的構圖，再次認真用心地將海報貼好——結果完美重現了我們原本張貼的樣子⋯⋯。裴書貞才剛貼完海報，就立刻用冷冰冰的口吻問我：

「說說看你做錯了什麼。」

「什麼？」

「現在幾點？」

「兩點三十分。」

「每天下午兩點，你該做什麼？」

對了，Twitter。我連忙低頭道歉：「對不起，剛才太忙。」裴書貞搖搖頭，嘴裡念念有詞：「現在的年輕人，真的是⋯⋯」我心想，難道還要在這團混亂中更新Twitter？儘管如此，但無論如何，沒能達成我該做的工作是事實，所以也無話可說。我努力面帶微笑掩飾內心不適，迎接來攤位參觀的客人。

約莫下午四點，大批人潮蜂擁而至。我們繼續販售事先準備的過期刊物、發放問卷。總編輯姍姍來遲，宛如視察團一樣四處徘徊，並對我們的攤位做出指點和評論。與對待我們的態度截然不同，裴書貞熱情地迎接總編輯。黃恩彩則是明顯沮喪，儘管她努力保持微笑，但是從那下垂的眼尾來看，任誰都能看出她早已身心俱疲。畢竟，聽完主管說的那些話以後還能不受影響的人一定少之又少。

晚上八點，活動結束後，我們都拖著筋疲力盡的身體在整理收拾攤位。總編輯只作勢將幾本書隨手扔進紙箱，叫大家趕快整理好一起去聚餐，說完就頭也不回地走出了攤位。我和黃恩彩交換眼神，透過內心交流無言的咒罵。我們打包物品到掌心冒汗，把東西全部裝進宣傳部的車內。

當黃恩彩和我抵達聚餐地點——展場附近的一間中華料理餐廳——時，發現除了我們之外，公司所有員工都早已入座。總編輯一如往常，用關心「我的家人們」近況如何作為用餐開場。我和黃恩彩默默將擺放在桌上的筷子和醬油碟發給大家。啤酒比食物先上，總編輯邀請大家乾杯，當所有人都舉起酒杯時，總編輯竟突然拍了拍裴書貞的肩膀，說：「今天我們裴主編，帶著兩個什麼都不懂的孩子，獨自一人忙東忙西的，實在是辛苦了。」我點著頭，彷彿完全同意他似的。等到餐點終於端上桌以後，我幾乎是用吸的方式迅速將整碗炸醬麵吃下肚，黃恩彩則是一邊撥弄著她的炒碼麵[12]，一邊小口小口地慢慢進食。這時，正在吃炒飯的總編輯突然開口問道：

「不過，書貞啊，妳到現在都還沒交男朋友嗎？」

正當我想著到底為什麼要在這種場合問如此私人的問題時，裴書貞露出了看不出是在笑還是已經扭曲的模糊表情（她的笑容總是如此），回答：「是啊，就還是老樣子。」其他人則是放聲大笑。黃恩彩和我像往常一樣對視，思考著此時是否該笑，而總編輯則是看著我們愉快地說：「她啊，前陣子才剛和男朋友分手。」儘管公司一直提倡員工就是家人的文化，但我認為分享個人私事實在不太妥當，而坐在對面的黃恩彩也同樣露出了一臉不知所措的表情。聊天的主題徹底轉向了裴書貞的戀愛史，總編輯甚至還問我：「我們書貞從大學一畢業就進來這裡工作了，成天只知道工作，所以老是被甩，都無法好好談一場戀愛。有沒有什麼好男人可以介紹一下？」我帶著任誰都能一眼看出是勉強擠出的微笑，適當地迴避了他的問題。裴書貞則是面無表情地咀嚼著她的醃蘿蔔。等到關於她的戀愛大討論結束後，總編輯也突然問我是否有女朋友。我嘴裡塞滿食物，奮力搖頭，然後拚了命地擠著避免露出口中食物的微笑。就在這時，裴書貞彷彿逮到機會，對我尖酸刻薄地說：

「我早就想說了，你能不能注意一下穿著？到外面去可是代表我們雜誌社的人，身為編輯怎麼好意思穿成這副德行？」

面對突如其來的指責，我下意識地先發出了呵呵的笑聲。這是我改不掉的老毛病，每次

12 編注：「炒碼」是指「炒什錦」，是從中國流傳至韓國的餐點，常將多種配料一起做成炒麵。常見於韓國一般的中國餐館。

只要遇到心情不好或糟糕的情況時，就會先藉由笑來緩頰。

「你笑什麼？很有趣嗎？」

「不是，我只是……」

「你怎麼每天都像得了躁症的人一樣笑呵呵的啊？」

難道要哭嗎？現在是連笑都能拿來被指責就是了。更何況，裴書貞是每天都穿同一件起毛球的藍色毛衣來上班（她說那是從代官山的一間古著店購買的）。我再也無法控制自己的表情，只好努力盯著空盤子看。剛才還對她感到憐憫，如今已經徹底被不愉快的情緒所取代。這時，總編輯用食指輕輕敲了敲自己的酒杯，我很快就意識到他的酒杯已經空了，連忙幫他斟滿啤酒。總編輯面帶仁慈微笑，向我問道：

「南俊，你有兄弟姊妹嗎？」

「啊……我，我一個人。」

「果然，原來是獨生子。和我很要好的S樂團，你知道吧？他們的貝斯手也是獨生子，和你滿像的。」

「您的意思是……？」

「就是活在強烈的自我世界之中，獨來獨往的那種人吧。屬於一個人獨立作業的藝術家。」

換言之，他是在說我這個獨生子不太能融入公司組織生活的意思。難道是因為我沒有即時為他斟酒？他看我沒什麼回應，便轉向黃恩彩詢問同樣的問題。當黃恩彩表示自己有一名姊姊，他則表示「難怪，原來是家中的老么，所以才會有嚴重的嬌氣」。我看得出來，黃恩彩的表情明顯僵了一下。總編不為所動，繼續問她有沒有男朋友。這時，裴書貞立刻見縫插針地回答：「她可不得了，您看她的KakaoTalk個人資料，幾乎是愛情記錄本。」並且露出了同樣面帶扭曲的微笑。

「話說，妳一直對著其他男人笑，走路還甩著這頭長髮，妳的男朋友都不會不高興嗎？」

黃恩彩面對總編輯的提問，只能以微妙的笑容含糊帶過，不停用筷子翻攪著早已吃完的炒碼麵湯底。

那天，黃恩彩和我都帶著一種「揹了個沉重且不舒服的鍋」的感覺返家。

◇　◇　◇

幾天後，辦公室裡發生了一陣小騷動。首先是黃恩彩的招牌大波浪長髮竟突然剪短至肩膀，也因此，我第一次穿著正式西裝上班的事情徹底被她蓋過，沒有人注意到我。公司裡的人紛紛向黃恩彩搭話，有些人說她長髮比較好看、有些人說短髮比較漂亮，也有人問她是不是和男朋友分手所以把頭髮剪短了，總之，都是一些不值得回應的閒話。我連忙坐到位子上，打開聊天軟體，點選與黃恩彩的聊天視窗。

—妳的頭髮怎麼回事？該不會真的分手了吧？

—沒有啦，就只是心裡覺得不舒服所以剪掉了。不過我昨天差點死在理髮店裡。

—為什麼？

—因為剪頭髮時突然感覺像被人掐住喉嚨一樣，無法呼吸，才剛剪完頭髮就暈倒了，還被救護車緊急載去急診室。

—喂，妳真的沒事嗎？可以來上班嗎？

—我打了點滴，也有吃藥，現在沒事了。

—應該不是生了什麼大病吧？

—醫生說應該是恐慌症。

—太扯了，那不是明星藝人才會得的病嗎？原因是什麼？

—壓力太大。醫生叫我要吃藥，接受心理諮商。我打算等一下午休時間去一趟公司旁邊的診所。

—這根本是職業傷害吧？可以直接向勞動部申訴了。

從那之後，黃恩彩每週都會利用一天的午休時間去公司隔壁的精神科診所接受治療，她向公司內部只表示是一直以來都有的小疾病。每當午休時間她不在位子上時，辦公室裡的人就會詢問她的去向。我如果代替回答說她是去看醫生，前輩們就會直接露出不甚滿意的表情，懷疑她是否真的生病，猜測她該不會是去附近診所做醫美或是跟男朋友吃飯約會卻謊稱是自己生病等，當然，帶頭說出這些酸言酸語的人永遠都是裴書貞。

「現在的年輕人啊，沒什麼能力，卻覺得自己好像很了不起，只想著一步登天，想出名，毫無夥伴意識。其實像這樣一起吃飯聊天也都是職場生活的一部分，但他們似乎不太了解。噢，我不是說你們啦，是在說現在很多年輕人都這樣。和朋友們見面聚會時不是都會聊到，應該是當年車諾比事件洩出的輻射在一九八八年左右流入韓國，年輕人的腦子都被輻射搞壞了，所以現在才會變成這副德性嘛。」

接著，所有人在餐廳裡放聲大笑，這些話絕對不是只有專門針對黃恩彩說的，雖然我覺得一點都不好笑，可是卻比誰都笑得還要大聲，然後低下頭，默默吃我的炒飯，總覺得這頓飯吃完會消化不良。

爾後，我的人生變得不斷在努力擺脫「現在的年輕人」這個標籤，每次聚餐我都會率先幫大家倒好水，並按照人數為大家擺好餐具；在辦公室裡只要看到有人影就會先鞠躬問好；就算有人對我講出難聽的話，我也都會默默吞下去——藉由這些方式，竭盡所能融入這間情同「家人」的公司。因此，漸漸的，當我在出席企劃會議時，面對要我抄襲別人寫的報導或把我所寫正確的文字改成錯字的指導，我也不再排斥抗拒。黃恩彩似乎也和我一樣，我們都深信，這些變化是融入社會的過程，只要徹底將原生性格漂白，最終就能染上《Magazine C》的顏色，然後如願成為正職人員。

◇ ◇ ◇

然而，即便如此，裴書貞對我的態度依然沒有改變。某天，我剛結束一場長達兩小時的採訪，筋疲力盡地回到公司，她卻對我說：

「你把錄音機給我，我檢查一下你的採訪態度。」

「前輩，我是用iPhone錄音的，我馬上將檔案傳給您。」

「什麼？」

裴書貞指責我沒誠意，竟然用手機錄音訪談內容，她表示只拿著一支手機去錄音、聽對方說話，是最沒誠意的表現。我自動反射性的先向她道歉，但是在我將手機連到筆記型電腦的瞬間，心中不禁浮現了「用手機錄音又怎樣？」的念頭。我帶著疑惑，上網搜尋了其他媒體究竟如何進行採訪，結果竟出現了《紐約時報》記者在採訪美國總統時也使用iPhone錄音的照片。甚至就連出入白宮的記者，在進行採訪時也是使用手機錄音，為什麼我不可以？我努力壓抑著內心怒火，繼續查找更多記者用手機錄音的真實案例。果然不出我所料，裴書貞絕對不是省油的燈，即便我提出反駁，她也不可能只罵到這裡就住口。

「你就是這點很有問題，身為記者，不想著靠自己的雙腿奔跑、靠自己的雙手抄寫，只想著帶一支手機去就解決了，是嗎？還有，為什麼你來公司上班都不帶包包？看起來一點誠意都沒有。」

我漸漸變得難以理解她口中的「誠意」究竟是什麼，甚至想要直接對著她深鎖的眉頭質問：「難道受訪者在說話時，我應該像前輩您一樣，在破舊不堪的morning glory牌手冊寫下那些再也不會看的塗鴉嗎？假如是這樣，那又為何要開錄音機？與其浪費時間抄寫，不如看著受訪者的眼睛，多問一個問題也好，不是嗎？為什麼我會不帶包包來上班，因為我一天光是待在辦公室裡的時間就超過十三小時，回家只能睡覺，我的牙刷、牙膏、毛巾、拖鞋、筆、筆記型電腦、手機充電器，全都放在公司，我幹嘛還要帶包包？」儘管我想用比誰都還要明確響亮的聲音質問她，最後還是把這些早已滿到喉嚨的話硬生生吞了回去。

後來，我用聊天軟體將錄音檔傳給了裴書貞，而且因為辦公室裡的氣氛實在太冰冷，所以我刻意用略帶笑意的聲音，說著自己今天的採訪氛圍以及對受訪者的印象：「我看那位主廚的店裡還擺放我們的雜誌，他說一直都有在關注我們……」

然而，裴書貞直接打斷了我的發言。

「你笑什麼？有什麼好笑的？我剛才說了什麼？你覺得很好笑嗎？幹嘛每天都像個躁症患者，笑什麼笑！」

是啊，我為什麼要笑呢？

為什麼在如此難以理解的情境下，我還要保持笑容呢？

◇　◇　◇

面試時承諾的三個月試用期已過，我們沒有被轉為正職人員，卻沒有人提及此事，所以黃恩彩和我決定直接去找總編輯詢問何時可以轉成正職。不過，我們兩人都不敢率先開口，於是決定用最民主的方法——剪刀石頭布——來選出代表，最終是黃恩彩要出馬。

吃完午餐後，我們一起站在總編輯面前，總編輯露出他特有的老奸巨猾式的微笑，問我們找他什麼事。黃恩彩用小聲到幾乎聽不見的聲音說：「總編，那個……我們的三個月試用期好像已經結束了……」總編輯用比誰都還要溫柔的聲音回答，試用期結束的時間會按工作表現而有不同，並用下巴指向裴書貞，暗示我們還不具備成為正式記者的能力。

「恩彩啊，妳覺得你們現在寫的稿子，和書貞寫的稿子能相提並論嗎？」

「不是，我們不是那個意思……」

「所以你們心裡很清楚啊，我怎麼可能讓你們和書貞一樣都是記者？這樣的心態會不會太僥倖、太貪心呢？」

我們兩個瞬間變成了搞不清楚自身狀況、心存歹念，只想著一步登天的罪大惡極之人。總編輯接著說：「裴書貞當初是二十三歲加入公司，也是經歷了十八個月的實習期才轉為正職記者。」

總編輯說完一番長篇大論之後，拿著牙刷走了出去。我嘗試想像裴書貞當初在這裡實習十八個月過著什麼樣的生活、面帶什麼樣的表情，可惜實在難以想像。裴書貞眼睛盯著螢幕，叫我們不要因總編輯說的話而受傷，「只要你們肯學，認真做，隨時都有可能轉為正職。」正當我心想，這可是第一次從前輩口中聽到如此充滿人性化的發言時，裴書貞馬上補了一句：

「我可是做了一年多都沒領通勤費，你們還能邊領薪水邊學工作，多往正面思考吧。」

黃恩彩和我決定承認是我們自己太傻，在《Magazine C》裡，任何問題都不被允許提問、也都不會有答案，這就是這裡的「文法」。儘管坐在寂靜枯燥乏味的辦公室裡，憤怒、委屈、荒謬的情緒一口氣湧上心頭，但我還是決定先暫停思考。只是在為橡膠樹澆水時，不禁對於這棵熱帶地區的樹木竟能在如此寒冷乾燥的辦公室裡堅強頑固地成長感到驚訝，並且思考著如何不留下殘渣地更換咖啡濾紙，以及晚上回家後要叫什麼宵夜外送來吃等問題，然後下定決心，好好撐過這段時期。

◇ ◇ ◇

按慣例，又來到了下一期的企劃會議。我提出的企劃案是採訪近期最火紅的劇團，因為他們即將舉行最新的演出活動，裴書貞看著我的企劃案，似乎覺得可笑，一邊的嘴角上揚，略帶嘲諷地說道：

「這個劇團，他們的俄羅斯戲劇根本爛透了。」

「啊……」

「我每次看你提的企劃案，怎麼都很像從別處抄來的？真的有認真調查過嗎？還是只是把當下流行的東西胡亂湊在一起放進來而已？」

儘管我很想反問：「雜誌不就是收集當下所有流行事物的媒體嗎？」但我還是忍住沒說，只有回答她：「以後我會更認真做好調查。」反正無論我提出什麼意見都一定不會被採納。我覺得也毋須再做任何提問、探究和學習，一切終究會變得毫無意義。總編輯一一確認著企劃案，針對前來參加國際電影節的日本知名電影導演進行採訪的工作，果然又落到了裴書貞的身上。黃恩彩和我則是被公平分配負責拍攝活動的現場記錄和撰寫宣傳報導，然後，總編輯突然問道：

「小說家K？這人不是早就徹底隱退了嗎？這是誰提的企劃案？」

原本正在做會議記錄的我嚇了一跳，連忙回答：

「是我！聽說他下個月即將推出時隔十年的新作，據說是兩千頁左右的長篇小說。」

「是嗎？好。」

於是，令人不可置信的事情發生了——我第一次被分配到負責撰寫主要報導，甚至還是四十頁[13]篇幅的長篇採訪。總編輯對我說，公司把如此重要的任務交給我這樣的菜鳥實習生根本就是在冒險，要我心存感激；而我則是為第一次接到正式任務而感到開心不已，頻頻鞠躬道謝。

邀請採訪的過程十分艱辛，由於小說家K的個性比較低調，所以光是要能夠聯絡到他本人已經很不容易，只能透過出版社與他溝通。當我把幾乎是用苦苦哀求的語氣所寫的敬邀採訪內容傳遞給出版社，請他們代為轉達以後，終於得到了作者的私人電子郵件信箱。他表示曾經閱讀我們的雜誌，並對於我在信中提及自己從小就是閱讀他的作品長大這件事深受感

13 編注：此處的「四十頁」採訪和前述的「兩千頁」小說，皆是以韓國兩百字稿紙為基準的計算方式。

動。然而，他最終還是拒絕了我的面對面訪談，認為太有壓力。於是我抱持著最後一次機會的心情，拿出了多年前的閱讀筆記，拍下那些從他的作品中摘錄抄寫下來的句子附在信中，強調正是這些金玉良言引導我走上了記者之路。結果不到一小時，他便回信接受了我的邀約，我激動得全身都能感覺到有一股電流在流竄。

採訪當天，裴書貞突然命令我把訪綱拿來，當我戰戰兢兢地將訪綱列印出來交給她之後，她表示我安排的提問從詢問對方近況開始都太老套，根本無法從受訪者身上挖掘出好內容，簡直糟透了。接著，她又拿起紅筆，擅自更改提問順序，並強調是因為時間緊迫所以才親自幫我調整好；但我光是粗略掃描被她修改過的訪綱就覺得一點也不流暢，所以只說了聲謝謝，便將那張被她改得全是紅線的訪綱放進了包包，然後多印了一份修改前的訪綱，一併帶著前往採訪地點——位於首爾近郊的作者住處。

與小說家K的訪談過程十分愉悅，他似乎非常清楚自己是個什麼樣的人、在做什麼事、喜歡什麼、不喜歡什麼，我很羨慕他這一點，可能是因為當時的我正好缺乏這樣的自我判斷——關於自己身處在哪裡、做著什麼事情、這些事情有何意義等。我已經想不起來自己究竟是從何時起不再思考未來，我回想著作者在訪談中說的話，重返辦公室。

回到座位後，我打開電腦螢幕，發現公司內部的聊天軟體有一則未讀訊息，是裴書貞傳來的。

—你說說看自己做錯了什麼。

我微微起身，向坐在正對面的裴書貞問道：

「前輩，您找我嗎？」

裴書貞敲了兩下自己的手機，示意我確認現在幾點，時間顯示為四點。

「你不是有該做的事嗎？你每次都會忘記的那件事。」

該不會是在說……Twitter？

我又不是故意忘記，難道要在訪談過程中突然打開手機使用Twitter嗎？我突然感到一陣怒火中燒，氣到再也難以壓抑的程度。我打開聊天軟體對話視窗，傳了一封訊息給裴書貞。

—前輩，由於剛才訪談時間延長，且認為訪談過程中使用手機不太禮貌，所以沒能更新Twitter，實在抱歉。

—你今天怎麼話這麼多？我會只因為今天沒做就說你嗎？你總是這樣做事，明明做的事又不多，連這點小事都做不好。我是叫你抄寫《八萬大藏經》[14]了嗎？還是叫你一天要發十

14 編注：指十三世紀高麗王朝高宗以十六年的時間雕刻成的世界上最重要且全面的大藏經之一，於一九六二年被列入大韓民國國寶，存放於聯合國教科文組織指定的世界遺產韓國海印寺。

次報導？就只是管理好一個 Twitter 帳號而已，有這麼困難？現在讓你負責採訪一篇報導，你就覺得自己很了不起是不是？所以覺得 Twitter 就不重要了，是嗎？整天只會像個罹患躁症的人一樣，看不懂場合搞不清楚狀況的傻笑，到底有哪一件事情是認真做好的？

我聽見自己理智線斷裂的聲音。我敲打鍵盤許久，寫了許多話，最後決定全部刪去，直接從位子上起身，然後對裴書貞說：

「前輩，麻煩您到辦公室外面一下。」

裴書貞露出感到莫名其妙的表情，說：「好啊，有什麼不敢的。」然後跟著我走出了辦公室。我感覺到自己的嘴唇在瘋狂顫抖，似乎真的到了必須做個了斷的時候。一走到走廊上，裴書貞就對我大喊：

「我當了八年記者，你是我見過第一個敢把前輩叫來走廊上的人！你知道這是多麼荒謬的事情嗎？」

我也不甘示弱地回答：

「我活了二十六年，也是第一次遇到像前輩您這樣的人！我看您在那自以為了不起的八年記者生涯裡，應該都沒學到如何尊重他人或是如何當個成熟的大人吧？」

那是自我加入《Magazine C》以後，第一次以不帶笑意的表情說話。

◇ ◇ ◇

最後一天上班日，總編輯把我叫了過去，然後把裴書貞交給他的考核單念給我聽。

「具備捕捉時下潮流的敏銳度與文筆基礎，儘管性格上情緒起伏較大，但只要能修正調整，仍具備成為優秀人才的資質。」

總編輯表示，他原本打算把我轉為正職，但是因為那天我所引發的騷動，使他改變了主意。

「我們公司最強調有如一家人的氛圍，我怎麼能讓破壞這種氛圍的人進來呢？」

然後又接著說，果然因為是獨生子所以不適合團體生活等等，對我的社會適應程度進行了一番評論。

「也不是每個人都適合團體生活嘛，我看你也不是完全沒有這個領域的天分，不妨嘗試寫寫看專欄或者經營部落格等等的。」

我微笑向他致謝，便重回座位，開始用紙箱將自己的物品整理打包。裴書貞默默看著我，然後說：

「你是因為我過去從來沒稱讚過你，所以生氣嗎？」

「不是，倒不是因為這個……」

「我看你這次的訪談報導寫得不錯，關於小說家K。」

裴書貞像在蓋印章似的，用簡單一句話總結評語。她一如往常，顯露出令人難以捉摸的表情，也許那已經是她能給我的最高讚美。我思索著該如何做出回應，最後選擇什麼話也沒說，默默將據說能吸收輻射的仙人掌放進了箱子裡。裴書貞建議我，如果有什麼「委屈」，記得忘掉，重新出發，她像是經歷過無數次這種情況的人一樣，心平氣和地說著，並且補充說，她是因為看到我從第一天進公司就像個罹患躁症的人一樣興高采烈，為了抑制我的亢奮而刻意不誇獎我。

前輩，可是啊，我並沒有想要聽到您的誇獎，就只是希望能被當作人來對待，不是什麼沒實力卻想出名的那種現在的年輕人，也不是什麼被輻射汙染罹患躁症的人，而是竭盡所能努力適應人生的一名人類。

儘管這些話已到嘴邊，但最後還是被我吞了回去，我只是像往常一樣，做自己所能做的——用世界上最開朗的表情笑著對裴書貞說「感謝您這些日子以來的照顧」，然後彎腰鞠躬。面對她形式上的詢問「將來打算做什麼」，我只是回答：

「我打算按照總編輯說的，做自己的事。」

「什麼事？」

「還不曉得，但大概就是，即便不太能適應社會生活也可以從事的那種事情。」

黃恩彩用羨慕的眼神看著雙手抱住裝有個人物品紙箱的我，比起剛入職時，她的臉頰肉明顯消瘦許多。我轉身準備離去，裴書貞對著我的背影簡短說了最後一句：

「我沒有討厭過你。」

我抱著沉重的紙箱，逐漸遠離那片風景，費盡千辛萬苦，只能看著前方走去。

◇ ◇ ◇

離開《Magazine C》以後，我的人生變得一帆風順。

第二間公司與媒體業全然無關，是一間生產汽車零配件的公司，相較於《Magazine C》而言，提供的基本薪資更高，上下班的時間也很固定，更不會因為你是較晚進公司的後輩就對你毫不尊重地用半語說話，簡單來說，就是會把你當人看的公司。另外，這間公司還套用年資保障薪資制，只要待滿固定的年數就一定能升遷，公司前輩們也都過著乏味卻安穩的生活。我在那裡從未大笑，也從未做過任何引人注目的舉動，成了恪守本分、按照上級分配多少事就做多少事的那種人。當我感到無聊時會找人談談戀愛、發展自己的興趣嗜好；工作感到快要窒息時，則會寫寫自我推薦書。也不曉得是在《Magazine C》從事記者工作尚未大澈大悟，還是因為在這個職場過得太舒適安逸，總之還是放不下媒體產業，因此，每次只要看到媒體業考試社群網站出現招募記者的公告，我都會毛遂自薦。儘管大多時候都在資料審查階段就慘遭淘汰，卻也有幾次幸運進到最終面試階段，只是每每特地請假去面試，最終仍是收到未錄取通知。我對於這樣的結果並不在意，也覺得無所謂，因為我相信，這些挑戰的軌跡至少能讓我感覺自己還活著。

當初在我目前任職的電視臺發布人才招募公告時，我也是機械式地遞出了履歷，沒想到竟奇蹟似地被錄取了。然而，實際錄取後，公司又表示是以正職僱用為前提，但必須先做滿兩年約聘制，我對此感到擔憂，因為過去的經歷讓我了解到原來公司是可以視情況隨時更改承諾的，所以真要捨棄原本穩定的工作，再次投身不穩定的世界，著實令我焦慮不安。儘管如此，我之所以仍毅然決然選擇離職，是因為至少有明文規定的「兩年」。有時候，比起無期限的等待，有期限的失敗更令人安心。

這兩年的約聘期間，發生了許多意想不到的事情。我為了頂替那些因罷工而暫離崗位的前輩們而迅速投入工作現場，閉上嘴巴和耳朵，全心全意埋頭苦幹。我努力不樹立敵人，對每個人都保持友善，且公平地與人交心。我很清楚地知道，這種機械式的公平純粹是為了保護自我所採取的防禦機制。我甚至忘記自己的信念、心意、初心，只考慮自己在別人眼中會是什麼模樣。後來，一份意想不到的幸運找上了我，那是在我擔任政治線記者時，某天，我在公司加班到凌晨，下班途中在一間高檔日式料理餐廳附近偶遇前檢察官B，他因涉嫌濫用職權而被點名，但已經潛水大半個月，處於行蹤成謎的情況。我發揮瞬間的機智，開啟手機的錄影功能，一路跟拍他落荒而逃的背影。最終在一番搏鬥之後，成功拍下了他的清晰影像，並爭取到一段簡短的採訪。而這段用手機拍攝的影片和報導，最終以獨家頭條在晚間八點新聞中播出，我的名字與這名檢察官的名字也瞬間登上了平臺網站的搜尋排行榜，影片則以「落荒而逃的檢察官」為題，在網路上廣為流傳。該年歲末，在我即將結束充滿艱辛的約聘生活之際，還領到了「值得矚目的媒體人獎」。

隨著政權交替，原社長的任期結束，新任社長據說和總統是校友，以親政府聞名。儘管我們公司是民營電視臺，但大家都心照不宣，知道背後有濃濃的政治勢力在操控。罷工結束後，被不當調職的前輩們也重新回到了工作崗位。

在我進行轉正職的最終面試時，新任社長對我說的最後一句話，至今仍記憶猶新。

「金記者真不像現在的年輕人，總是面帶笑容、活潑開朗，也很熟稔社會職場生活。」

我關上面試房間的門，走了出來，不自覺地笑了。不像現在的年輕人，又是什麼意思呢？和我一同進去面試的十一名約聘人員當中，轉正職的只有我一人。前輩們則是開玩笑地對我說，只有我是同時受到兩名社長認可的人，是超越理念與體制的人才。每當我聽聞這些話時，都會再一次深刻體會到自己是個另類的人，不久前還和我一起有說有笑、坐在同辦公室的同梯們，已經都不在了。就這樣，我結束了那段為期一年又十一個月的艱苦約聘期，與新一批新進人員一起接受「第二次」的新人培訓。我也有了屬於自己的屆次，第十六屆新入職記者金南俊，這同時也意味著我有十五屆的前輩們。

即便轉為正職，我也做著和約聘時沒有太大差別的工作內容，以類似的方式進行採訪、寫稿，負責類似的新聞節目，過著大同小異的生活。然而，我的環境發生了劇變，許多節目為了調整成符合公司調性而進行改版，公司內部也張貼了選拔晚間八點新聞新任主播的公告。我原本連報名的念頭都不敢有，最後是南前輩鼓勵我，要我勇於嘗試挑戰。

「南俊，你剛進來的時候，我就覺得你很適合當主播，至少也該去試鏡吧！」

我當作是人生經驗，毫無期待地去參加了試鏡，結果沒想到竟然贏過所有前輩，被電視臺選為新任主播，我不可置信，說不出話來。從此之後，公司裡好多人都能認出我來，從那些對我表示有在準時收看我播報新聞的人臉上，也感受到一股微妙的距離感，是只有我能察覺到的剎那間的停頓，是這幾年來始終圍繞著我的某種排他感，也是某種違和感，或許亦是如今早已化為空氣的某種情緒上的流動。

◇ ◇ ◇

黃恩彩和我一起前往位於公司大樓十樓的員工咖啡廳。雖然我是提議去公司附近不錯的咖啡廳，卻被黃恩彩揮揮手拒絕，她說沒必要跑那麼遠。咖啡廳裡幾乎沒什麼人，我們選擇坐在可以俯瞰樓下風景的大面落地窗旁的位子，黃恩彩面帶笑容地對我說：「現在你事業有成，請我喝貴一點的沒問題吧？」於是，她點了一杯紅柚汽水。我對於黃恩彩的熱情幽默倍感親切，畢竟那是讓我撐過那段苦日子的動力。如今坐在我對面的黃恩彩，看上去的神情至少比從前那段時期明朗許多。

「你離開之後，我在那裡也只待了一個月就離職了。」

「果然。也是，誰能在那種地方撐下去。」

「我後來聽說，《Magazine C》在業界是出了名的喜歡僱用年輕又廉價的勞工，然後再像免洗筷一樣隨時更換。」

「看來不是只有我們遭殃啊，真不知道該說是幸運還是不幸……。話說回來，妳現在身體都還好嗎？」

黃恩彩說她自從離開《Magazine C》以後，恐慌症就好了，現在也不需要再吃藥了。儘管如此，她表示偶爾還是會夢見那段時期的生活。

「從那之後，再也沒有人說我不適合職場生活了。」

「是啊，恩彩，妳本來就很能幹。報導資料寫得好、性格也好，就連咖啡濾紙都很會更換。」

「別提了，在那裡上班時，我們兩個都成了手沖咖啡專家，不是嗎？」

「所以我到現在都打死不喝手沖咖啡，那時候已經喝到怕了。」

我們兩個都笑到眼眶泛淚。笑了許久後，黃恩彩突然表情一變，向我問道：

「可是話說回來，你沒事嗎？」

「什麼事？」

「我到現在一想到當時還是會覺得好生氣、很無語，會想要去找他們理論，問他們我到底做錯了什麼，有必要那樣對待我們嗎……」

「我也差不多啦，但還能怎麼辦，只能說我們運氣不好吧。」

「神奇的是，自從我離開那裡之後就會一直想到你，想找個人可以說說這些話，可是找不到人，也沒有你的聯絡方式。誰叫你一離職就換了電話號碼，甚至在社交軟體上也找不到任何關於你的痕跡，結果誰知道竟然在這段時間變成了這麼有名的人。」

「我才不有名，妳也知道，我只是苟活而已。」

「浮誇的性格也還是依舊。」

「人還能變到哪裡去呢。」

「你有聽說裴書貞前輩的消息嗎？我聽到的是她已經去別間公司上班了。」

「還真神奇，我以為她會一直留在《Magazine C》到死為止，變成那裡的磚塊呢。」

「那間公司已經倒了啊，你不知道嗎？」

聽黃恩彩這麼一說，我搜尋了一下《Magazine C》，雖然在平臺網站上還留有官網的網址，但是點進去後已經是一片空白的網頁。我繼續在搜尋欄位上輸入我的名字和雜誌名稱，結果出現幾篇報導標題：剛於清潭洞開業的明星大廚D的餐廳、豐田推出的新款汽車試乘體驗、弘大情趣店的購物體驗、時隔十年帶著最新力作回歸的小說家K訪談……，然而，這當中沒有一篇是可以點開來閱讀的。

「真的耶，已經完全不見了。」

「嗯，沒了，現在一切都不在了。」

黃恩彩用吸管攪拌著早已喝完的紅柚汽水，然後突然從口袋裡掏出一張名片遞給我，說：

「剛才都在忙著拍攝，差點忘了。」

名片上寫著YouTube組組長黃恩彩，我反覆閱讀著這個職稱和頭銜，那是一種既陌生又略帶感動的心情。黃恩彩也向我要了一張名片，我從名片夾裡拿出一張新名片遞給她，她將名片收進口袋，便匆匆忙忙表示要先離開，免得路上塞車。我送她到電梯前，向她道別，然後再獨自重返咖啡廳。

我默默凝視著黃恩彩剛離開的座位，並透過大面落地窗俯瞰廣場。廣場上有一群人正在舉著布條和抗議標語，雖然從上面看不太清楚，但猜測應該是寫著「公正僱用」、「打擊虛假招聘」、「聘僱正常化」等文字，他們都是直到去年此時此刻為止，和我一起穿西裝坐在同一間辦公室的同事們。

南前輩出現在咖啡廳櫃檯前，他正在用嚴肅的語調與人通電話，儘管說話聲音不大，口吻卻很明確，所以大致上能知道他在談什麼事情，應該是和對方處理他最近在公司附近買下的那套公寓的尾款問題。南前輩拿到咖啡以後，依然站在櫃檯前講了許久的電話，直到掛上電話後才發現我，馬上走到我面前坐了下來。

「你怎麼不回辦公室，一個人在這裡幹嘛？」

「黃恩彩製作人剛離開，我到剛才都和她在一起。」

「你說剛才那個 YouTube 製作人？我看你們兩個好像很要好！」

「是啊，和她許久未見，聊了很多。」

南前輩用手機忙碌地傳送著什麼，然後一臉嚴肅地對我說：

「你知道嗎？人生就是不動產，現在如果想要在首爾市內買公寓，除了靠新婚特別供給方案別無他法，所以什麼都別想了，先結婚再說。」

雖然我心想，憑什麼才剛坐下來劈頭就叫我趕快結婚，但我當然沒有表現出來，只是笑著打馬虎眼：「結婚哪有那麼容易啊。」南前輩是個不錯的人，甚至是足以作為榜樣的好前輩。雖然偶爾會糾纏大家一起聚餐，但也只是維持在可愛的強求範圍。他每次只要喝酒，就一定會提及參與罷工的事情，然後流下男兒淚。然而，每當看到他的眼淚，比起惻隱之心，反而會使我忍不住心想，他的人生一定是沒有比這更大的難關了。我自從有了《Magazine C》的經驗以後，就再也不會在公司同事面前展現過多情緒。然而，適當展示任誰都能預料得到、能夠感同身受的那種程度的疼痛，在此似乎是有效的策略，畢竟所有人都會陪南前輩一起流淚，而我也已然練就了一身職場生活九段的功夫，所以早已學會不向他人坦露個人情感。不過，這一路走來，爬到今天這個位子，有些時候，我仍會不自覺地眼眶積滿著誰都無法同理的那種眼淚。我也會為難以設定這些眼淚的方向感到憤怒，大部分時候則感到孤獨。

南前輩似乎察覺到我不斷迴避的眼神，索性轉頭望向窗外。他一臉同情不捨地望著那些在外示威抗議的人們，嘆了一口氣。

「這些人又有什麼罪呢，還不都是那些上頭的人使壞，你也別太在意啦。」

「是，前輩，謝謝您。」

「不過說真的，還是滿幸運的，對吧？」

「什麼事情幸運？」

「我是指你現在能和我們一起在這裡啊。」

我什麼話也沒回答，只是痴痴地望著窗外思考。

思考著關於區分這裡與那裡、我們與非我們的那條界線究竟是什麼。

南前輩端起我和他喝到見底的空咖啡杯，說自己要先離開，還沒等我回應，便朝大門方向直直走去，把塑膠杯和紙杯分別扔進不同垃圾桶，再用他特有的充滿活力步伐快步走出店外，消失無蹤。那是一連串很符合他的舉動——總是政治正確、足以成為別人效仿的榜樣。

我回到報導局的辦公室，坐在自己的位子上，用手指輕撫貼在隔板上的名片，那是我的新名片，才剛印製好，還亮亮的。

辦公室裡沒什麼人，我突然想起與黃恩彩的對話，拿起手機搜尋裴書貞，結果很輕鬆地在Instagram上找到了她的痕跡，她的名稱顯示為「《LifeStyle Magazine F》，裴書貞編輯」，下方個人資料則以日文顯示「『マガジンF』べ・ソジョン エディター」。我瀏覽她發布的照片，每個月幾乎都有上傳一些自己寫的報導文章，經營成作品集的樣子，偶爾出現的自拍照裡也可見她那整齊對分的中分頭，和從前一模一樣，一點都沒變。再滑到最底下，竟出現了《Magazine C》時期的照片，那是參加出版設計展當天，我和裴書貞、黃恩彩並肩站在攤位前的照片，有別於裴書貞一如往常的面無表情，我和黃恩彩則是笑得燦爛，我對於那個笑容感到遙遠陌生，索性關上了手機。

漆黑的螢幕映照出我的臉龐，那是眉頭緊鎖、神經質的表情，和以前裵書貞經常掛在臉上的表情愈漸相似。我嚇了一跳，習慣性地用手指按壓皺紋，將其撫平。每當這種時候，我都會意識到，原來自己依然在裵書貞和《Magazine C》的影響範圍內。

離開《Magazine C》之後，我只有遇見一次裵書貞。那是個大雪紛飛的日子，從位於江南站的公司搭公車回家的路上。由於下著大雪，公車幾乎停在原地，我靠在車窗邊昏昏欲睡。當我睜開眼睛時，天色已經完全暗了下來，公車正要駛入新沙站。透過車窗，一名坐在停靠站的長髮女子映入眼簾，她低頭看著手裡的東西，身穿藍色毛衣和大衣的她，膝蓋上攤放著一本大開本的雜誌，儘管看不太清楚雜誌上的文字，但我一眼就能認出是《Magazine C》。雪停了一會兒，又開始下起鵝毛大雪，她的頭頂開始堆積皚皚白雪，而她依然等著遲遲不來的公車，彷彿早已放棄公車會抵達的期待似的目不轉睛地盯著雜誌觀看，宛如下一秒就要被吸進去那本雜誌裡一般，弓著背。

有滿長一段時間，我對裵書貞和《Magazine C》的人是心懷怨恨的，很想當面質問他們當時為什麼要那樣對待只是新進員工的我們，然而，不知不覺間，我已經到了和當年的裵書貞相仿的年紀，外表也變成了那個年紀的樣子。

三十一歲，第四次當新進職員的我，正在思考二十三歲時進入雜誌社、在我這年紀已經有八年職場資歷的裴書貞的人生。那些不知不覺間在人生中所留下的拚盡全力的痕跡，直到如今，我才比較能夠理解。如同我當初為了理解裴書貞而付出的諸多努力一樣，也許裴書貞當時也有用她自己的方式試圖理解我和黃恩彩，也就是那個難以理解的領域——「現在的年輕人」。有些類型的理解，是要等失敗後才會有所領悟，成為人生的一種態度。對我而言，在《Magazine C》的那段時期便是如此。

半個月後的愛

高燦浩

性格決定命運。

爾後，我反覆咀嚼這句話無數次。

◇ ◇ ◇

假如當時那片天空沒有出現滿月，結果會如何呢？要是在滿月高掛的那天，我沒有加班，加班結束後沒有搭漢永的便車，結果會不會就不一樣了？

也不過是兩年前的事情，如今我卻對於世界上存在「加班」這件事感到遙遠陌生。那天，只有漢永和我兩個人在籌備一場超過兩百人的活動。和我同年出生的他，高中一畢業就先去當兵，退役後才考大學，所以很晚才讀大學，後來還去澳洲打工度假，過了一段相當精彩的歲月；而在我已經工作第四年時，他才加入我們公司E社。自他上班第一天起，便被公司指派當我的助手。他皮膚黝黑，身材高大，看起來更像運動員而非上班族；中等身高、偏瘦的我，站在他身旁反而不太有自信。然而，真正和他聊天後發現，有別於外表給人的第一印象，他其實是個性溫和、體貼周到的人。我們都喜歡喝酒，卻討厭公司聚餐，正因為有這個共同點，所以能跨越明明同年卻是師徒的這層尷尬關係，迅速拉近距離。而由於我和他總是形影不離，公司的人甚至戲稱我們是「辦公室夫妻」。

公司當時正巧趕上美國經濟繁榮的景氣，享受著出口的好時機，連日以來的市值都創新高，全世界的製造加工廠也卯足全力不停趕工。公司達成了遠遠超出目標營業額的業績，正在為預期很高的稅額而有著幸福的煩惱，積極尋找把錢花掉的方法，於是找來業界知名專家，開始籌備注定會變成吃錢機器的新事業。行銷單位也接獲公司多項專案計畫，邀請時下最受歡迎的明星作為廣告代言人，安排各種社會公益事業等，展開一場豪撒金錢與業務暴增的盛宴。

那天在瑞草洞[15]總部大禮堂舉辦的活動也是，公司邀請了一名除了要求支付演講費還要車馬費的作家，和一名因參與嘻哈比賽節目後身價水漲船高的饒舌歌手，兩人一起主持一場談話演唱會。那是針對新進員工展開的公司內部活動，但申請報名階段三分鐘內就額滿，活動當天也幾乎無人缺席，整個大禮堂擁擠不堪。作家的演講乏味到令人不禁打哈欠，他一方面感嘆著現代人被競爭追趕，導致無法照顧自己的內心情感，另一方面又給予安慰；簡言之就是先把你毒打一頓再給你糖吃的那種內容。我聽他說著「年輕時選擇成為未來的奴隸，進而忽視自身情感，這是愚蠢的行為」、「要好好愛過再死」等毫不負責任的煽動式發言，心

15 編注：瑞草洞是江南地區眾多富裕地區之一，大法院、大檢察廳、首爾中央地方法院、首爾中央地方檢察廳、首爾高等法院和首爾高等檢察廳等主要法律機構皆在此處，是韓國的文化、藝術及司法中心，也是權力的核心，因此關於法律界的新聞常被稱為來自瑞草洞。

中不禁浮現「我也好想要體驗看看像他一樣靠胡言亂語來賺錢的人生」的念頭。儘管饒舌歌手比原定時間晚了二十分鐘抵達，演唱時依舊全場沸騰。

活動順利落幕，舞臺的拆除和後續整理作業也順暢無阻地進行，畢竟我們選擇的是評價最高（所以也最貴）的活動公司。漢永和我在大禮堂角落各自找了一張椅子坐下，默默觀看著被迅速拆卸的舞臺。當一切整理完畢，鎖上大禮堂的門時，已經接近晚上九點。

我們往地下停車場走去。有別於平日，這天並未覺得特別疲累或辛苦，反而感受到一股和心意相通的人一起成功完成一件事時才會有的興奮感，總覺得一定要喝一杯才能回去。我問漢永：「要不要在附近的居酒屋喝一杯 Highball 再回去？」可是漢永搖頭，他表示自己有開車，可以載我回家。

當時我才剛被公司升為代理，可以拿到接近年薪百分之五十的特別獎金，因此就算連日處理高強度工作也維持馬不停蹄的速度；漢永同樣也是靠著這筆天外飛來的獎金，以三十六個月的分期付款為自己添購了一輛新車，最終在下訂後經過六個多月的等待（畢竟不是只有我們公司受益於這波好景氣），成功提領一輛ＢＭＷ轎車。就像其他購買人生第一輛車（而且還是進口名車）的人一樣，他只要逮到機會就想要載人，因此，即便我家距離公司只須搭地鐵二十分鐘，他仍堅持要載我回家。我總覺得要是選擇拒絕，以他那個樣子很可能會在路上隨意找人上車，不得已，只好讓他載我一程。

江南大道被車子擠得水洩不通，動彈不得，反正隔天是星期六，什麼也不擔心的我們甚至把塞車視為浪漫，聽著二〇〇〇年代初期流行的歌曲，享受著夏末夜晚。當時，漢永不計成本添購的東西不是只有那輛最新型的ＢＭＷ轎車，還包括他搭著方向盤的左手手指上那枚閃閃發亮的金戒指，那是他和哲宇的情侶對戒。

其實，我和漢永拉近距離的契機是因為哲宇。漢永本來就是個不夠細心、神經大條的人，剛加入公司時也毫不掩飾，讓人一看就知道他正在熱戀，結果有一次還真的被我逮個正著。

那天，我們一如往常地吃完午餐後在咖啡廳裡聊主管的是非，後來漢永去了一趟洗手間，他放在桌上的手機連續發出震動聲響，於是我偷瞄了一眼，發現是一位名叫哲宇（紅色愛心）的人不停傳來訊息。我暗自心想，去廁所不帶手機、訊息內容也設定成直接顯示在螢幕上，這些行為舉止都很是他的作風。哲宇傳來的訊息愛意甚濃，濃到連我都會不禁臉紅。正巧回到座位上的漢永先是看見自己的手機畫面裡充斥著大量訊息，再看了看正在盯著他手機螢幕的我，露出了任誰看都會覺得是驚慌失措的表情。我連忙解釋：

「抱歉，漢永，我不是要偷看你的訊息。」

哲宇（紅色愛心）傳來的訊息是發生過肉體關係的人才會使用的語言，我繼續安撫不知所措的他，說：

「別擔心，我從很久以前就知道你是這個圈子的人，我自己也是。」

事後回想，這真是一件神奇的事情，我之所以會主動向他提起這件事，或許是因為雖然相處時間不長、卻能從他身上找到某種穩定與信任感的關係吧。

自那天起，漢永和我順其自然地不再使用敬語說話，也成了會評論公司裡的男生誰長得帥、誰身材好等話題的夥伴。對我來說，在公司裡有個可以一起聊男生話題、同屬一個圈子裡的人，是一種幸運，尤其這個人如果與我的工作風格契合，更是可遇不可求的幸運。

沒有一片雲朵的夜空中掛著一輪明月，那是圓滿無缺的滿月。儘管我不特別迷信，從小卻有著看見滿月會許願的習慣，總覺得自己能夠在考大學、服兵役、找工作這些方面都相對順利，絕對是借助了滿月的神奇力量，這是屬於我個人的特殊信念，甚至近乎宗教信仰。車子再次停了下來，我不自覺地對漢永說：

「欸，出現滿月了，許個願吧。」

漢永雖然不感興趣似地回答：「你怎麼這麼麻煩。」卻也和我一起凝望著月亮。我沒有特別問他許了什麼願，但可想而知，一定是希望自己和哲宇的戀愛生活能夠順利延續，就像交織在一起的美麗地毯。有別於對戀愛無所求的我，漢永反而是把無人能取代的穩固關係，甚至是幾近「正常家庭」型態的生活視為人生首要課題。短暫且安靜地許願後，漢永問我：

「你許了什麼願望？」

「祕密。說出來就不會實現了。」

「現在這種資訊化時代，夢想和愛意都要靠廣為人知才會成真喔！」

「我許的是拜託讓我的購屋請約帳戶[16]被抽中，可以了吧？」

「你瘋了嗎？許願讓自己能遇到好對象都來不及了。」

聽聞此話，我才意識到自己還未許過「讓我遇到好對象」這樣的願望，甚至從未許過任何與戀愛有關的心願。即便我有著難以承諾未來（因為是男同志）的特殊性，卻到了三十歲中段還沒有許過一次相關心願，著實奇怪。像漢永就堪稱是「愛情教的信徒」，信奉著極其浪漫的戀愛關係，因此，和哲宇交往沒幾個月，就搬去了對方居住的普光洞，在兩房一廳的房子裡展開同居生活。兩人一開始還像仇人一樣吵鬧不休，如今卻已經成功同居許久。我一方面羡慕這樣的漢永，另一方面也對他感到難以理解。

究竟是如何辦到和另一個人二十四小時朝夕相處的？

分享著彼此的如廁聲、打鼾聲，甚至是陣陣的汗臭味。

16 編注：韓國為了尚未置產的民眾所推出的政策，民眾若有購屋打算，可先去銀行申請帳戶專門存款買房，存滿一定期限後可參加抽籤，用優惠價格買房。不過申請者眾多，導致被抽中的機率下降。

整體來說，雖然我和他價值觀是契合的，但是在戀愛方面有著截然不同的思維，也因此，每到週末傍晚，我只能抱著冰冷的枕頭獨自入眠。

「漢永啊，我的問題到底出在哪裡？我真的很差勁嗎？」

「不會啊，很正常，長相也不到難看的程度，身高也不算矮，還懂得為自己的將來做打算。不過最關鍵的是你缺乏勇氣。」

「什麼勇氣？」

「投入感情、專注對方的勇氣。談個戀愛有什麼大不了的？不過是閉上眼睛一頭栽進去而已，可是你太膽小了，連一根腳趾都不敢踏入，還想跟誰談戀愛。」

「你也知道的，我沒什麼男人緣。」

「緣？你可要說清楚啊，不是沒緣，是你根本沒有挑選男人的眼光。」

這句話戳中了我的痛處。的確如他所說，也許是受到小時候在教室裡傳閱的網路小說影響，我總是喜歡那些有點偏差的人，比方說，眼尾上揚、身上有刺青的人，或者沒有正當職業，抑或從事非法工作的人。只要是任誰看都帶有攻擊性、螺絲鬆掉的那種人，我往往會先出現生理上的反應，而非心理上的心動。這類型的關係大部分都熱情如火，卻也迅速燃燒殆盡，迎來悲慘結局，更何況那樣的熱情也早已不復見，在漢永和哲宇開始同居之後，我連個普通的「曖昧」對象都沒有，甚至與人約會兩次以上的經驗都屈指可數。

「是啊，你說得沒錯，我的品味太差，這已經是人盡皆知的事了。」

我本想隨意敷衍帶過，但那天漢永似乎下定決心，直接抓著我開始了一連串的說教。

「性格決定命運喔～」

「最近開始學算命了嗎？」

「這是莎士比亞的名言，無知的傢伙。」

「是嗎？那個老傢伙怎麼還說過這麼像算命師的臺詞？」

「真理不就是如此嗎？有時聽起來像占卜，有時又像邪教，反覆咀嚼後又好像頗有道理。不過，這句話也有可能不是莎士比亞親口說的，反正只要是名言，不都會說是莎士比亞講的嗎？畢竟他寫了太多書和戲劇，留下太多至理名言，所以也有人說根本不是出自他一人，而是十人。」

「用現在的方式解讀應該就是所謂『副角』[17]吧？」

「與其說是副角，其實更像是一種集體創作。總之，這不重要，重要的是性格決定命運。喜好？戀人又不是冰淇淋，才不是這麼簡單的問題。想要讓生活變穩定所付出的努力、為了與人建立持續且幸福的關係所做的努力，這些東西其實都包含在一個人的性格裡，也拜

17 譯注：韓文「副角」是遊戲中的術語，指多人同飾一角。

這樣的性格所賜，你的戀愛史才會落得這般田地，你認同吧？」

我不發一語，彷彿過年過節時在聽父母嘮叨。然而，漢永沒打算放棄，繼續對我說教。

「從現在起，好好打起精神，去找那種可以長久交往、值得信賴的人吧，你也到了該找這種對象談戀愛的年紀。」

我不禁心想，「也不過是搭了一回他的進口車，還真是什麼話都要聽」。於是連忙衝下車。逃也似地走回家的路上，我仰望著像路燈一樣照亮街道的明月。

性格決定命運……

雖然這些年也不是都沒談戀愛，但我忽然意識到，也許自己從未把與某個人的關係放在生活的中心。

好對象。

我對於如此稀鬆平常的三個字突然感到格外陌生，彷彿是存在於月亮背後彩虹世界裡的動物一樣。我不由自主地瞇起了眼睛。

◇ ◇ ◇

每一句話都有力量，尤其某些話帶有近乎咒語般的強烈力量，不知不覺間滲透內心，微幅地改變著我們的人生角度。當時，那個滿月高掛的日子，也不曉得是因為漢永說的那句話，還是因為孤獨的時效已到，總之自那天起，我就變成了約莫有一公分變化的人。

時隔數月，我終於又重新下載了交友軟體，甚至還放了臉部和身形清晰可見的照片，而且還是兩張。要是以前的我，絕對會將在公司或住家附近拍攝的照片遮住臉部，可是轉念一想，覺得人生沒有什麼大不了的，所以就直接放著了。我收到幾封來自男生的訊息，與其中少數人約會過，甚至還跟幾個人約會過兩次，但都沒有什麼實際上的收穫。

正當我心想，「果然，管他什麼鬼莎士比亞說過的鬼話，不成氣候的人做什麼事都不會成」，打算毫不留戀地刪除交友軟體時，收到一名男子傳來的「您好」訊息，點開對方的照片一看，發現是身穿襯衫、臉部經過模糊處理的男生。

180-72-33／well educated person／有投保四大保險的上班族／不混同志圈／尋找和我相似的人

該怎麼說呢，這人外表看似正常，卻在個人簡介上明目張膽地寫著「well educated person」，這種行為著實顯得幼稚又令人倒胃口，讓人不禁心想他究竟是受過多麼了不起的教育……。正當我毫不猶豫地想要將他封鎖時，他又傳來了一封訊息。

—我們見過。

我心想，這又是在耍什麼花招？對方卻解釋之前是在梨泰院十字路口的斑馬線對面看到我，即便隔著馬路，也因為我的笑容很好看而忍不住多看了幾眼；我猜對方應該是在哲宇的餐廳前看到我的。自從和漢永變得要好以後，我們週末就經常把哲宇的餐廳當作據點，每到星期五晚上，都會坐在哲宇的居酒屋櫃檯前方座位閒聊。有時還會與漢永在附近的酒吧或夜店小酌，然後再一起幫哲宇收店打烊、一起回家。和周遭鄰居也都打過照面，所以人際關係拓展許多。

我沒回任何訊息。

—我本來不是這種性格……但那次的記憶實在太深刻，所以只好先傳訊息給您。

我問對方能否讓我看看臉部清晰的照片，他卻表示有自己的苦衷所以無法提供，若有需要的話，他可以隨時，甚至今晚就來見我，要我親自確認他的長相再做判斷。然而，我對於這樣的他感到十分疲累，難不成是總統候選人？到底是有多麼了不起的理由需要如此防備？以前的我會毫不留情地淘汰掉這種人，但當時正處於我難得下定決心要做出改變的時期，所以我告訴自己「這真的是最後一次」，然後把我家對面的二十四小時營業咖啡廳地址傳給對方，壓低帽簷走出了家門。

我原本心想「難不成是什麼韓流明星要大駕光臨」，但走進咖啡廳裡朝我迎面而來的男子，卻是我生平第一次看到的面孔，極其平凡，在這圈子裡反而是鮮少會見到的長相。他比我平常約會過的男生都還要瘦，但是個子很高，眼睛、鼻子、嘴巴所在的位置也十分妥當，臉上沒有痘痘或疤痕，整體而言給人一種乾淨整潔的印象。也許是因為沒有抱任何期待，對他的第一印象還算不錯，而且他有著好聽的低沉嗓音，所以專心傾聽閒聊幾句後，我覺得應該是個正常人。我問他為什麼要那麼堅持不露臉，他解釋因為自己是在電視臺產業工作，經歷過一些麻煩事，所以絕對不會在交友軟體上公開長相。然而，即便如此，我對他的面孔還是感到十分陌生……。我向他確認當時在斑馬線上看到的人真的是我嗎？他用微微上揚的語調堅定地說絕對沒有錯，而且還主動說自己可能是因為身為記者的「職業病」，往往只要見過一眼就過目不忘。由於他說話的表情非常認真，所以我什麼話也沒說。

他問我見到他本人的感覺如何，我回答得有點敷衍，「很不錯啊！」然後略帶諷刺地補充道，「可是我並沒有受過良好教育，不曉得你能否接受？」他面露驚愕，連忙解釋自己在軟體上寫的個人簡介並沒有太大意義，只是因為遇過太多奇怪的人所以才會那樣寫。看來他也知道自己顯得多討人厭了，應該不是沒有自知之明的人。我因為心情稍有好轉，所以問他：

「我可以叫你哥嗎？」

「這有點……」

「看來是我失禮了，抱歉。」

「不，我不是這個意思……是因為其實我們同年。」

「那你為什麼要用假的年齡？」

「那是為了……保護身分……」

我不自覺地笑了出來，而他不知所措，瞬間漲紅了臉的樣子，好可愛。

出乎意料地，他沒有問我的學歷、職業、是否經常出沒鐘路[18]或梨泰院、是否有許多同志朋友等，什麼都沒有問，反而是問我能否與他交換電話號碼，認為我比第一印象來得更為活潑開朗，應該是個好對象。

好對象。

坦白說，他沒有會讓人一見鍾情的外表，但他那有些笨拙卻真誠的性格並不令人討厭，況且，要是他能從我這張任誰看都只有黯淡兩字的臉上看見活潑開朗，認為我是個好對象，不免會讓我產生一絲幾近幻想的期待——說不定他能為我這乾涸的內心帶來一點溫潤。

最重要的是，他與我至今遇到的（爛渣）男人是截然不同的類型，應該是個安全穩定的人。我把電話號碼和姓名告訴了他，他也將自己的電話號碼與姓名告訴了我。金南俊，就在儲存這三個字的剎那，我的人生儼然已產生諸多改變。

◇
◇
◇

我是在第三次約會結束後，才比較能理解南俊那種充滿防備的態度。也許是因為一開始就沒有對他抱持太大期待，所以反而愈相處愈覺得是個不錯的男生，搜尋他的名字會出現各種新聞報導和影片。

「金南俊」在我們這個年齡層可能較為陌生，但是在中老年人之間是頗有知名度的公眾人物。網路上的資料顯示，他是在媒體工會罷工期間入職電視臺，並且榮獲「值得矚目的媒體人獎」，新任電視臺老闆也明顯提拔他，所以很年輕就坐上了晚間八點新聞主播的位子。目前正在主持一檔高收視率、高話題性的時事節目，也因端莊的形象而受到保守與進步派政黨的邀約，希望他能入黨。資料頁面都還沒拉到最底，我已感受到一陣頭痛，所以直接關掉了網頁。雖然圈內盛傳不少明星都是屬於我們這一類人，但大部分會聰明地運用這些形象或傳聞，可是以南俊在公司裡的地位來看，他的性向並不會產生對他有利的作

18 編注：鐘路區位於首爾的中心地帶，歷史悠久，首爾最重要的地標——東大門市場、光化門廣場、景福宮和青瓦臺都位於此區，同志酒吧則多在鐘路三街。

用。

對南俊來說，我似乎也給了他許多意想不到的感受。我的工作和生長背景明明都沒什麼特別之處，他聽完卻像兔子一樣瞪大眼睛。

「幹嘛那麼驚訝？」

「因為聽起來比你呈現的樣子正常許多。」

難道他以為我是個整天無所事事、在家裡當米蟲的懶惰鬼嗎？照理來說，我應該要感到不悅才對，卻莫名地覺得好笑。的確，就連我自己看都覺得我的樣子並不像個穩重的人，所以可以理解他的反應。我問他，既然如此，當初為什麼還要主動傳訊息給我？他沉思了一會兒，謹慎地回答：

「可能因為……滿喜歡你呆呆的表情吧。」

竟然不是因為臉蛋、身材、手臂或腿，甚至也不是因為手指或頸部線條，而是呆呆的表情！我被他那觀察入微卻模糊不清的答案逗得哈哈大笑，也不排斥他想要用精準詞彙來表達所有微小細節的強迫症。

我們認識約莫一個月以後，我問南俊有沒有興趣和我的朋友們見面喝酒，結果他一口回絕，表示自己對於那種場合感到很不自在，於是我提議，要不要也找一些他的朋友來互相認識，不一定要公開我們的關係，只是想要大家一起輕鬆玩樂。南俊意志堅決地搖頭，說他的朋友都是無趣的書呆子（畢竟物以類聚，的確有可能是），況且連兩個人相處的時間都不夠了，他不想把時間浪費在這種聚會上。雖然我有點失望，但還是故作無所謂地說：「好吧，那就我們兩個人吧。」

就在那幾天，我對漢永提起了南俊的名字，負責媒體公關的漢永自然對記者金南俊的事情耳熟能詳。

「是B電視臺的那位對吧？我記得這人當上整點新聞主播的時候，在業界引發了一陣騷動。」

漢永還補充了一句，有傳言指出這人應該是同志圈的。我猶豫了一會兒，幾乎是用氣音對漢永說：「其實我和他，最近在約會，差不多一個月了。」漢永拍著我的背，大驚小怪地說我簡直就是平時看起來乖巧的貓，沒想到早就偷吃掉整個爐檯上的食物。他還說真沒想到一向只會和爛到無法回收的男人交往的我居然會遇到如此正常的男人。不過，這也是連我都沒料想到的事情。當我表示這段關係可能會變得更認真時，漢永則說要趁正式交往前先讓他鑑定一下，叫我一定要帶南俊去哲宇的店裡用餐。他信誓旦旦地說，他在同志圈裡打滾了十幾年，早已是半個巫師，絕對能幫我看出這人到底是不是好人。我嘆了一口氣，說道：

「可是他很排斥和同志朋友見面。」

「嗯，他那張臉看起來的確不是省油的燈。別擔心，我自有方法。」

那個週末，我和南俊在哲宇的居酒屋內，面對面坐在櫃檯前的兩人座位，當然，我沒有向南俊透露這間餐廳的背後故事。南俊對於這間店的生魚片讚嘆不已，一直稱讚肉質鮮甜。而老闆哲宇似乎有事要忙，所以不在店裡，由漢永暫時幫他顧店。我和漢永四目相交，還看見他嘴角微微上揚。

那天，我們去解放村附近的屋頂酒吧續攤時，漢永傳來了簡訊。

－我知道為什麼你會喜歡他了。

這是一則不肯定也不否定的訊息。

我和南俊並肩而坐，接連喝下三杯高濃度的莫希托。傍晚的空氣乾燥，南俊俯瞰著稍顯冷清的首爾夜景，問我：

「要不要和我認真交往？」

◇
◇
◇

從那天起，我們成了所謂的「戀人關係」，雖然不像二十歲出頭的戀愛般熾熱，卻像炕火般穩定持續。儘管有一些大大小小的爭執，也不像過去的戀愛那樣出現危及性命的激烈爭吵。

不過，當我去見漢永或同志圈的朋友時，南俊多少會露出失落的神情，他似乎不太能理解，純粹基於友情所建立的朋友關係和以戀愛或性愛為導向的同志圈人際關係並不相同。

「所以你現在要去一起喝酒的那些朋友也都是同性戀嘛。」

「嗯，當然。」

「你要和他們喝一整個晚上？甚至還要一起去酒吧或夜店？那他們豈不都是潛在的性伴侶？」

「你會和朋友一對到眼就馬上發生性關係嗎？去吃飯喝酒也是為了做那件事？」

「那倒不是，可是……」

「又不是中世紀的公爵夫人，跟朋友喝個酒有必要被這樣子審查嗎？這到底是什麼老古板的思維？」雖然我有時候會納悶，進而說話變得大聲，但南俊總是一臉實在難以理解的表情。

「我不是要去和別的男人上床，也不是去做什麼奇怪的事情，就只是純喝酒、跳舞玩樂而已。」

「我不是不信任你，而是那種場合也的確會有以那些目的來接近你的人。」

「所以才叫你和我一起去一次啊！認識一下我的朋友，和大家一起玩，你心裡的不安也會消除許多，不用喝很多酒也沒關係。」

「不，這倒不必了。」

他那固執的態度使我內心火冒三丈，雖然不明白這到底有什麼好難以理解，但是站在南俊的立場想，或許也是情有可原，畢竟他截至目前為止，除了談戀愛（為了排解性方面需求）或一夜情以外，從未和任何同志圈的男性建立過純友誼的關係，而且他的人際圈本就偏小，走得比較近的人也大多是在電視臺為了工作而需要保持關係的同事，只要一想到他是在強調嚴格職業倫理的空間工作，就不難理解他的態度為何如此敏感。更何況，南俊從大學畢業後到如今能立足於職場，似乎是吃了不少苦頭，他不僅本來就不怎麼喜歡喝酒，甚至從來沒什麼機會享受夜生活。而我則是在十九歲剛考完大學那年就馬上進入了同志圈，整天泡在夜店裡，度過我的二十世代，並在大學最後一學期幸運地加入了現在任職的公司，每個週末都在酒局上把主管當成嚼舌根的對象，喝到爛醉也依舊穿梭在梨泰院的各間夜店，這樣的我，較難理解南俊的想法，也是合情合理。

南俊經常說我命很好，這句話有相當程度是事實。有別於不分平日假日、只要收到公司傳喚就要隨時報到的他，我擁有的是相對穩定的上下班時間，公司實施彈性工作制度，所以感到身體不適時還能輕鬆地請半天假。就算我不在公司，也多的是可以幫忙代打上陣的人，工作幾乎沒什麼壓力。漸漸地，我的生活開始變成配合南俊的行程。

原本每個月會有八次的酒局也慢慢減少到四次、兩次，最後只剩下一次；和南俊共同生活的期間也自動整理了許多朋友關係。每到週末，就會搭著他開的車一起去探訪位於南楊州、楊平或坡州[19]等郊區的咖啡廳喝咖啡，互相拍照（但絕對不會一起合照），享受著平淡卻溫暖的戀愛。

◇ ◇ ◇

就這樣，我們迎來了交往滿一週年的紀念日，我和其他普通情侶一樣，提議舉辦週年紀念派對。

雖然我們的居住空間都不大，幾乎難以分辨究竟是家還是房間的程度——但是比起南俊的隔間套房，我這裡至少還多一個房間，也有一張大餐桌和沙發，在這裡舉辦派對再適合不過了。

然而，南俊對於一週年紀念日似乎不太熱衷，也許是因為他過去的三段戀愛都談了三

19 編注：這幾個地點都是首爾周邊的城市。

年以上，所以一年對他來說好像不算什麼。但是對我而言（雖然有些不好意思），還未與任何人交往超過一年，所以帶著凡事第一次的期待，想要包下一間頂級飯店的豪華套房，將所有朋友聚集在一起，辦一場盛大派對，或是乾脆租下一個寬敞的派對房間，把我認識的人全部邀請來，安排一場像晚宴秀的盛大活動，讓全世界都知道我在談戀愛，宣示自己也是個可以談穩定平凡戀愛的人。聽完我的想法，南俊果然還是堅決反對。我告訴他，這些朋友都有正經的工作（總覺得這點可能對他來說很重要），也強調他們絕對不是那種會到處談論別人是非的幼稚鬼，叫他真的可以放心，但一點也沒有用。我試圖說服他好幾次，解釋這些人對我來說都是很重要的朋友，所以想要讓他們也參與我們的紀念日。南俊則表示，他希望我們的關係純粹只屬於我們兩個人，就像一起築成的沙堡一樣，珍貴而深情。

然而，這樣的關係與其說是深情，不如說是見不得人吧？既不想要被任何人看見，也不希望被任何人發現的那種關係；更何況，沙堡不就是世界上最容易崩塌的東西嗎？我開始對於他的細微比喻感到刺耳。我已經盡力了，最終還是忍不住爆炸。

「我是長髮公主嗎？」

「這又是在說什麼？」

「為什麼這一年來都只關在房間裡看著彼此的臉過日子？我看就連長髮公主都不會這

麼煩悶無聊！」

我大聲怒吼。南俊也用略帶激動的語氣反駁：「談戀愛不就是這樣嗎？光是看著彼此的臉就感到放鬆、愉快，一天的時間都不夠相處，這才是愛吧？」於是我大喊：「你的臉是Netflix嗎？怎麼可能一直盯著看一千年、一萬年？誰受得了啊，看到都覺得膩了！」

南俊繼續反駁：

「反正你可以和朋友們說說笑笑啊，和任何人都可以，不是嗎？我以為我們之間有著更深一層的交流。」

什麼狗屁交流。對話進行到這裡，我確信南俊和我的戀愛觀有天壤之別，腦中已經浮現難以再繼續走下去的念頭。我閉口不語，南俊試圖哄我，說：

「你也知道我的情況，要是被其他人知道不太好。」

「你的情況是怎樣？被知道了又怎樣？大家早就都知道了好嗎？都知道你是同性戀，也知道你在和我交往！」

壓抑了一整年的心底話不斷傾洩而出，我告訴南俊，有時在他的YouTube影片底下會看見「聽說這位男主播是Gay」的留言，在同性戀社群平臺上則看過好幾次有人發文詢問B電視臺的八點新聞主播是不是同志，而且這些文章底下還有和他交往過的人留言講述他的床事表現等，所以知道的人早就知道了，甚至公司的人很可能也都如他擔心的那樣早已知情，但即便大家都知道、都在議論紛紛，也沒有發生任何事，所以，拜託，適可而止。我直接用充滿真心的話語在他胸口狠狠插下一把又一把的匕首。

明知那些話根本不必說，我卻停不下來。

南俊的臉上浮出了我從未見過的表情，那是複雜到難以用「震驚」來形容的表情，也是因為他，我才見識到原來一個人的臉可以在短短幾秒內出現如此多的變化，而最終停留在他臉上的是失望與決絕。南俊不發一語地朝玄關走去，不久後傳來了開門聲，南俊就這樣離開消失了。我的房間瞬間陷入徹底的寂靜。

性格決定命運。

我想起了漢永曾經對我說過的這句話。果然，我不就是如此。一直以來，我在大部分的關係中都是默默隱忍的那一方，直到忍無可忍時，再像一顆不定時炸彈一樣直接爆炸，親手將關係斬斷。我總是拿捏不好生氣的力道，火爆衝動，往對方的心插上最致命的匕首，這就是我最擅長的事情，就算被說成是我的性格也無妨，完全是我會做的事情。「交往一年，算久嗎？」我用雙手摀住了臉。

◇ ◇ ◇

半個月後，某個下著滂沱大雨的晚上十點，突然聽見有人在按我家大門的密碼。打開門走進來的人是南俊，頭髮和肩膀都濕透了。他的手裡沒有拿傘，而是提著一個蛋糕盒和一個小紙袋，全身隱約飄散著酒氣。我遞了一件衣服和一條毛巾給他，他接過毛巾後直接對我說：

「我們一起住吧。」

「突然說這些做什麼呢？」

「你和我，買一套公寓，我們一起住吧。」

南俊的語氣中帶有強烈的決心，在我面對如此突如其來的爆炸性發言尚未回過神時，他已經從紙袋裡拿出了被雨淋濕的幾張紙，上面有著密密麻麻的公寓實際成交價格和戶型平面圖，都位於永登浦區和麻浦區，其中有些房源還用螢光筆特別標示出來。竟然不是簡單的同居，而是一起合買公寓。

「就是為了搞這齣所以大半個月都沒和我聯絡嗎？和其他人一樣平凡地道個歉不行嗎？」

「和我一起生活吧，這是唯一的解答。」

就在上次與我大吵一架後，南俊花了三天時間認真考慮分手一事，然後（單方面地）做出了實在無法與我分開的結論。於是，他開始十分努力地思考能夠使我回心轉意的方法，然而，都只是一些治標不治本的方法。迅速診斷問題、尋找解決方案是他的專長之一，也讓他爬到了今天的位子。他將焦點放在我把自己比喻成「長髮公主」這件事，並且診斷出問題在於我們一直都只有在密閉空間維持兩人的關係，不被任何人看見，而他又實在難以採納最簡單的方法——每個週末一起去鐘路和梨泰院喝酒狂歡——所以他得出的結論是，用可以徹底保障彼此私生活的方式，來取代現在必須犧牲彼此閒暇時間的模式。「所以我們應該要在何時見面才較為妥當？」

「日常生活中。」

「對，所以應該要同居才對。」

只要將手掌般大小的長髮公主的城堡，拓展成有三房的二十坪公寓，所有問題就能解決。

我想像南俊在為改變生活條件而絞盡腦汁、試想各種可能的模樣，到他思考著要是像現在這樣繼續下去一定又會為同樣的問題反覆爭吵、所以做出要買房子的結論為止，這整個解決方式非常符合他會想出來的主意——我不禁笑了出來。

「突然買什麼公寓啦，而且還不是用全租[20]的方式，要直接買下來？你有這麼多存款？」

「沒有啊，哪有人會拿現金去買公寓啊？」

南俊說他已經還清了就學貸款，各種分期付款的款項也從未逾期繳納，所以在銀行的信用等級滿高，至今為止名下也沒有房產，所以以首購族來說，有利於取得銀行貸款。

「真的能貸到想要的金額嗎？我聽說最近的貸款政策也變嚴格了。」

「所以才說我們兩個一起貸款買啊。」

「可以兩個人一起貸款嗎？我們又不是家人，韓國變得這麼先進了？」

「當然沒有。」

南俊表示，只要先以他的名字購買房屋，我再申請全租貸款，以租下他那間公寓的方式租進去，就可以一起分擔。他說這是許多沒有登記結婚的新婚夫妻也常使用的方法，在現今這種高房價時代，也許是無依無靠的我們能夠擁有房子的唯一方法。南俊遞給我的文件最後一頁，有著我們公司主要往來銀行所提供的全租貸款說明。他告訴我，我們公司內部的貸款利率是出了名的低。

南俊滔滔不絕地向我解釋，住房持有及貸款所產生的稅金、利息、其他生活費，全部都會平均分擔，即便將來感情生變或者因為其他因素不得不賣掉房子，也只要事先簽妥合約，註明賣房後的損益均分即可，並表示合約書公證後還能受到法律保護，叫我完全不必

20 編注：全租房是韓國獨有的租屋模式，租客只需要在入住時支付保證金給房東，往後除了管理費與水電瓦斯費之外，不需要再繳交任何房租，租約到期後，房東會將保證金全額歸還給房客。

擔心。

我用一種彷彿在聽保單設計師講解產品的心情望著南俊。果然，金南俊的資料調查十分嚴謹，是完美無瑕的方案，然而，我絲毫沒有真實感。

南俊遞給我兩個小小的紅色盒子，打開一看，是一對相同款式的白金色卡地亞手環。我想像著他在百貨公司請店員拿出兩個相同尺寸卡地亞手環的模樣，忍不住笑了。正當我還在猜想他會怎麼對店員說的時候，他已經把手環套進了我的左手腕，然後用附帶的小螺絲起子拴緊接縫處的螺絲，接著，他開始費力地將另一個手環戴在自己的手腕上。我看不下去，只好出手相救，幫他拴緊螺絲。兩人都戴上手環以後，感覺就像是各戴了一副手銬，但我並不排斥——不是戒指而是手環、不是金色或玫瑰金而是選擇白金色，都很是金南俊的風格。我抱住了他那被雨淋濕的身體，他身上同時散發著雨水和衣物柔軟精的味道。

◇ ◇ ◇

最先注意到我的手環的人果然還是漢永，他一眼就認出了品牌、尺寸、顏色，然後小心翼翼地探問我們是不是復合了。當他聽說我們甚至還開始同居，簡直嚇得快要暈過去。他做夢都沒想到高燦浩竟然會談長期戀愛、和男友同居，最後聽到我說要和南俊合購一間公寓的消息，他幾乎放聲尖叫。

「你都不害怕嗎？」

「要怕什麼？」

「這可是一件大事啊！事實上就和結婚組成家庭沒兩樣了，也會牽扯到一大筆錢。」是嗎？我倒是沒把這件事看得太認真……。直到那時，我才真正深刻體會到和南俊一起成家是什麼意義，並感受到一股遲來的涼意。我問漢永：「你們如何解決押金、月租費和水電費之類的支出？」

「我們就只是用月租的方式在租屋，兩人各付一半。」

「所以你們不打算買房嗎？」

「從沒想過這件事呢！因為他是自己開店做生意，所以不方便貸款，再加上我們都覺得搬家很麻煩，其實就連是不是一定要買房都不太肯定，總之就先維持這樣嘍。」

早已不再計算交往天數、幾乎跟老夫老妻沒兩樣的漢永和哲宇，連他們都不敢輕易嘗試的這條路，我卻正準備一腳踏上去。我發現自己有點後知後覺，對未知世界的恐懼感突然籠罩而來。

真的決定要一起買房後，我們經歷了無數次計畫差點泡湯的危機。首先，很難找到合適的物件，地點好又乾淨的房子房價太高，符合我們預算的房子則是在還未賞屋前就已經被別人捷足先登，還有過都準備要付訂金了卻被人插隊搶走的情況。正當我們幾乎要放棄之際，好不容易簽下了一間位於永登浦區邊陲地帶的小型社區公寓。那是二〇〇〇年興建的老舊社區，但我們看上的那間位於十三樓，所以視野非常好，附近就有九號線地鐵站和奧林匹克大道，對於南俊和我來說，通勤都十分便利。不過一切並非完全沒有問題，比方說，目前住在那裡的租客有六個月的租約期尚未結束，所以和南俊同居的時間只能被迫延後。我們各自向原本租屋處的房東尋求諒解，以願意多付一點房租或負擔仲介費等條件，才好不容易協調好搬家日期，然後我們決定放慢搬家的節奏。

◇　◇　◇

這段期間，房價也在不停波動，我們每天早上都會登入房地產網站，確認我們購買的那間公寓價格有無上漲，而這也成了我們的樂趣，支撐著我們度過每一天。

距離搬家日期只剩一個月時，我們開始忙著整理行李。所幸那邊的租客提前一個月搬走，讓我們得以快速修整新家。有別於當初說好不要動太多地方、只修理比較老舊的部分，南俊想要調整的東西愈來愈多，最終決定將壁紙、地板、牆角線和廁所全部翻新，所以要顧及的事情就更多了。我們把大學時期使用至今的廉價家具扔掉，重新添購新家當。我在公司的員工商店買了一些特價款的家電，像是上下層的雙功能烘脫洗衣機、六十五吋電視、冰箱、直立式冷氣和德國製音響，這些家電也依序送達新家。南俊則是挑了幾款床、衣櫃、抽屜櫃和沙發等家具後將網址分享給我。由於他選的都是一些和他平時穿衣風格類似的黑白灰色系，所以在挑選上並沒有遇到太大困難。我們就像在合作，一點一點填補家中所需物品。遇到師傅要來安裝冷氣或冰箱的時候，南俊或我就會有一人請假半天留在家中，或者趕快結束外勤出差行程返家。我對於坐在一張靠著白牆的餐桌前敲打筆電的自己，感到有些陌生。

終於到了搬家那天，我們各自叫了一輛搬家車，分別從不同地方載運各自的物品行李抵達新家。由於新家具和家電用品都已經事先安裝好，只要把一些簡單的生活用品填進去即可，所以搬家過程都還算順利。南俊搬來的老舊書籍和我過多的衣物使得一間房間被堆得亂七八糟，但是在搬家公司專業人員的協助下，瞬間就整理成像人居住的地方了。

搬家公司的人離開以後，南俊和我拿著身分證和印章，並肩走向社區對面的房地產仲介公司。房仲把結清尾款的收據和全租租賃合約交給我們，合約書上的出租人和承租人欄位分別寫著南俊和我的名字；看見我們兩個的名字和身分證號碼被登記在同一份文件上，感覺著實有些微妙，但我並不討厭這份感受。我們拿著合約書去社區服務中心申請了遷入登記。文件上，南俊的住址依舊是位於天安[21]的父母家，而我則成了我們同住的這間公寓的戶長。

◇ ◇ ◇

開始同居以後，第一個月時光飛逝，宛如夢境般一轉眼就過去了。

只不過，這場夢的型態並不全然美好。

從牙膏應該從哪裡開始擠這種同居常見的小爭執開始，到摺棉被的習慣、沒有將用過的餐具泡水等，我們為了各種大大小小的問題爭吵過。然而，即便我們激烈爭吵，仍然將其視為生活的樂趣。

每當我們其中一人的父母來到首爾突襲住處時，總是搞得我們手忙腳亂，要將冰箱上用磁鐵吸附的合照、放在化妝檯上的曼谷與斐濟旅遊紀念照全部收進包包裡，其中一人還要像逃難一樣提著沉重的包包暫時離家。獨自將臨時收拾的行李放在汽車旅館或商務飯店的床上時，都會有一種難以言喻的空虛及疲憊感，不曉得到底為什麼要如此折騰自己。

儘管日常生活中會遇到這些小磨難，可是每當和南俊一起躺在床上時，依然會有一種將原本散落的碎片全部拼湊完整的感覺，那是超越單純的性慾或愛戀感，是某種安定的感覺，在心中不斷蔓延，彷彿我周遭的所有支柱和我自己都在深深向下扎根的那種信賴感，那正是我生命中最缺乏的東西。我不禁心想，或許正是為了現在這一刻，所以需要經歷先前那麼多次戀愛失敗的經驗吧。一直以來，我都是像玩火一樣地很快就投入一段感情，然後又迅速搞砸關係，那些經驗說不定都是為了成就現在而存在，我沉浸在這樣的自我意識當中。

遇見南俊之前，我還是個無法對任何人敞開心胸的人，沒想到竟然能有如此大的改變，我對於這樣的事實感到無比驚訝。

◇ ◇ ◇

隨著春天臨近，席捲全球的疫情在韓國也迅速傳開。媒體連日都在報導，確診病例不僅出現在從國外入境的旅客當中，就連在國內民眾之間也急速增加。隨後，還出現企業型宗教設施確診人數激增的新聞，導致幾個宗教團體變成了全民公敵。

全國頓時陷入口罩短缺的現象，每天早上藥局門口都會有排隊買口罩的長長人龍，而我則是幸運地在這種現象出現前，早已在超市添購了兩箱大容量的醫用口罩。不過，由於購

21 編注：天安市是南韓忠清南道北部的一個城市，位於首都首爾和大田之間。

買的是廉價口罩，導致臉頰經常被磨破，戴一整天摘下來都會發現耳後紅腫。

南俊則是常常因為接到電視臺臨時打來的電話，突然匆忙奔出家門的情況變多了。由於他值大夜班，所以經常在外過夜，回到家也只是睡覺，有時甚至一睡就是大半天。他偶爾會出現在緊急快報的新聞畫面當中，螢幕裡的他肌膚看起來有點粗糙，似乎是因為近似於強迫症程度的嚴格執行戴口罩的規定所導致。而整天戴著口罩在辦公室裡工作的我，臉部同樣容易發熱泛紅。我當時心想，等他回到家一定要一起敷個面膜。

◇ ◇ ◇

漢永在公司裡面臨了人事異動，他被公司調派到為了拓展新業務而創立的新部門，和我的部門變成了競爭關係。相較於以前和他在同一個單位，如今見面的機會少很多。儘管每天用公司聊天軟體聊天的習慣依舊，卻總覺得言談之間多了一份小心謹慎。

儘管如此，漢永還是一直催我趕快舉辦喬遷派對，而我也的確想邀請一些人來家裡作客，畢竟除了偶爾在Instagram上刊登一些家中小角落的照片外，實在沒什麼可以炫耀展示的機會，這可是我好不容易花了大錢買房、又是我生平第一次親自參與的室內裝潢。我趁著和南俊一起看電視時，試探性地詢問：「漢永吵著要我們舉辦喬遷派對欸。」南俊則是語帶輕鬆地回答：「那就辦啊。」我看著他的側臉，說了一句：「可是我希望你也能一起。」南俊發出了有點為難的聲音：「呃……」最終還是簡短地答應：「好吧。」這對我來說是完全沒有預料到的回答，雖然開心到想要原地跳躍，卻沒有喜形於色。

我趁他改變心意前連忙回答：

「那我要來安排日期嘍～～」

◇ ◇ ◇

雖然只有我、南俊、漢永、哲宇四個人聚在一起辦喬遷派對，但沒想到要喬出一個大家都方便的時間竟十分困難，因為當時所有人都處於凡事無法給予明確承諾的時期。確診人數以每日或每週為單位不停在跌宕起伏，而每次要相聚時，不是南俊有事，就是漢永或者我有事，哲宇的店也因客人驟減，所以在嘗試與其他店家一起拓展外送服務，藉此提升營業額。

後來，我們好不容易選定了一個大家都能出席派對的日子。

五月初剛好有個連假，連假的最後一天是兒童節，我們決定在那天舉辦盛大的（？）喬遷派對。我還特地在電子邀請函製作網站上設計了一張以「燦浩與南俊的喬遷派對」為標語的邀請函。邀請函的背景是我和南俊在襄陽[22]旅行時所拍攝的風景照，也附上了我們家的地圖、地址，以及攜帶物品的提醒。儘管南俊當天還要上班，但他表示自己可以在五點前下班回到家，所以應該可以和大家一起在家裡吃晚餐；哲宇也表示餐廳應該沒什麼客人，所以會提早打烊前來參加。

◇ ◇ ◇

隨著日子愈來愈接近五月，確診人數明顯變少，人與人之間開始出現一股鬆懈慵懶的希望，直到連假來臨，整個國家的人都陷入歡慶的幻覺當中。無論是公司同事、同志圈的朋友，甚至是生活在這片土地上的所有人，都迫不及待想要宣洩因疫情而壓抑數月的玩樂慾望，所以停業一個多月的梨泰院夜店和酒吧將重新開業的消息紛紛出現在社群網站上，也有附註要大家記得戴好口罩的訊息。

直到訂下派對日期為止，南俊始終沒有太多的表情和反應，是一直到派對前一天，才開始動起來打掃房子、點起香氛蠟燭，甚至還在網路購物平臺上訂購了一條大大的掛飾彩旗貼在牆壁上。彩旗以金色為基底，上面用粉色寫著「Home Sweet Home」的字樣，彩旗周邊還貼著大大小小的紫色愛心，雖然看上去有些花俏，但為無聊又單調的家裡增添了不少活潑氛圍。他還特地準備了細長的香檳杯套組，說要喝香檳慶祝。總之，這些都很符合南俊的作風——要做就做到極致。

派對當天，南俊大約十點左右才出門上班，而我則是睡到下午兩點才懶洋洋地起床，看了一會兒電視，全身筋骨開始有點痠痛，便聯絡了漢永。他表示自己正在哲宇的店裡幫忙，比想像中還要清閒，說我如果覺得無聊可以過去找他們。我猶豫了一下，戴好帽子，坐上了計程車。

太陽尚未西下，居酒屋裡的客人不多，我坐在上次和南俊同坐的那個櫃檯前的位子，和漢永你一杯我一杯的乾掉了一瓶清酒。我們漸漸感到微醺，心情也愈趨愉悅。

提早收店打烊後，我和漢永、哲宇一同整理店面，然後將沒有賣完的食物打包好，坐上了哲宇的車。

約莫八點左右，我們抵達家中，南俊早已到家，甚至還洗好澡在等我們，他的臉色比早上出門時更顯清爽。南俊身穿白襯衫，將袖子挽到手肘，露出手臂，將食物和餐具擺好放在餐桌上。而且他還面帶微笑地主動向漢永和哲宇熱情寒暄，我看著這樣的他，忍不住笑了

22 編注：位於南韓江原特別自治道東北部的雪岳山南麓，東臨日本海。是著名的海濱景點，有多處海水浴場，其中又以洛山海水浴場最為出名。

出來，用一臉嫌棄他彷彿在演戲的表情，看著他並就座。

我們的聊天持續到凌晨，恰到好處的玩笑話一來一往，歡笑聲也此起彼落。

在我的記憶裡，那是一段幸福時光。

◇ ◇ ◇

一週後，確診人數再次暴增。

尤其是基南市的五十五號確診者，以超級傳播者的名號登上了各大新聞媒體。他在連假期間的足跡、到訪過的店家名單一一被公布了出來，網路上甚至還揭露他接觸過的人以及任職的公司名稱。他去過的地方都是位於梨泰院以同志圈為主要客群的夜店和酒吧，所幸並沒有到訪哲宇的居酒屋。聽漢永說，那一帶的商家都在短短幾天內關門大吉。

據說該名確診者任職的公司直接宣布停止上班，公司裡的上千名員工也開始進行居家隔離。我點開社群網站上的新聞欄，看到不少人的留言都在批評那些沉迷於娛樂而造成別人損失和添麻煩的自私鬼，以及在這個節骨眼只想著排解性需求而跑出來混酒吧的骯髒同性戀。

而在我的公司群組聊天室裡，也充斥著各種小道消息。有人將五十五號確診者的姓名、就讀過的學校、任職公司名稱、職稱、同居人的個人資料等，一連串發布出來。而和我同梯入職的某位同事，則在群組裡附上了一部短影音的網址連結，據說是最近在網路上廣為流傳的影片，也就是五十五號確診者去過的男同志夜店影像。影片中呈現了大家戴著口罩跟隨女團歌曲跳舞的模樣，並為影片下了「母Gay向公Gay求偶之舞」的標題。

－他們說這叫跳舞天地。

－哈哈哈哈哈哈哈哈哈哈哈哈。

聊天室裡的人不停嘲笑，但我一點都不覺得好笑，也不覺得站在舞臺上跳舞的那些人是為了求偶而擺動身體，看起來反而更像是憋了一週的人們終於放下一切所展現的身體放鬆之舞。我默不作聲，關掉了聊天視窗。

一回到家，看見比我早下班的南俊正在收看新聞。電視螢幕上的字幕顯示，「永登浦七十二號（三十六歲）確診者足跡」。

乙洞夢想城─乙洞國小─同儕酒吧乙洞店（未配戴口罩）─貓咪汽車旅館（未配戴口罩）─乙洞夢想城─乙洞國小─AB健身中心─Fresh Mart乙洞店─乙洞夢想城……

南俊嘆了一口氣，他因為身心俱疲而略顯老態。我不發一語，默默地為他按摩肩膀，他那僵硬的肩膀也讓我感到喘不過氣。

◇◇◇

收到保健所的簡訊是在兩天後，主要內容為我的足跡與確診者有重疊，叫我要去接受篩檢。緊接著，我馬上接到了漢永打來的電話。

「你也有收到簡訊嗎？」

「嗯，這是怎麼回事？」

漢永向我解釋了事情的來龍去脈。原來被基南市五十五號確診者傳染的確診者當中，有一位在兒童節當天於哲宇的店裡待了兩個小時，居酒屋立刻被封店，而手寫記錄過進出者名單的我、漢永和哲宇，全部都成了需要被篩檢的對象。

我馬上向金武陣部長報告，告訴他行銷二部的柳漢永和我兩人都被列入了篩檢名單，部長問我們事情的緣由，我簡單地向他說明，連假期間有和漢永一同到餐廳用餐，結果現場有其他客人剛好是確診者。部長小心翼翼地問我，是否有去梨泰院的夜店等場所，我回答只有去餐廳，除了用餐時摘下，其餘時間都有全程戴著口罩，請他放心。明明沒說謊，我說話的聲音卻像犯了大錯一樣愈來愈小。部長向我確認：

「你們兩個都沒任何症狀，是吧？」

「是的，部長。我們都沒有發燒，也沒有咳嗽，非常正常。」

「我們公司到目前為止都還沒出現任何一名確診者，你知道吧？」

「知道，當然，您別擔心。」

我很清楚，部長擔心的並不是我和漢永的身體健康，也知道他一直以公司沒有任何確診者為傲，將此掛在嘴邊炫耀。但我一直認為，把沒有人受到病毒感染這件事情拿來當成炫耀的話題實在奇怪，病毒本來就無時無刻、無處不在，不是嗎？病毒就只是病毒，但有些病毒卻是羞恥、是罪過，甚至是很可能徹底顛覆一生的那種罪過。總之，當我內心正冒出這些想法時，部長直接用擅自做好決定的口吻交代：

「我會再跟二部的部長及人事部門好好說明，別太擔心，去好好接受篩檢。手邊的工作暫時先保留幾天，總之，你們兩個都確定要隔離兩週，所以記得把筆電帶回家，我會再聯絡公司的資安部門，看有什麼方法可以讓你居家辦公。」

居然在這種情況還想著要如何讓我工作，果然是他的作風。

保健所則是提醒我們不要搭乘大眾交通工具，要以自行開車或徒步行走的方式到附近的診所接受篩檢。我和漢永提早下班，步行前往公司附近的篩檢診所（漢永居然以白天容易塞車為理由，沒有開他那輛了不起的ＢＭＷ）。那是需要步行大約二十分鐘的距離，偏偏那天我穿了皮鞋，所以走起路來感覺腳後跟好痛。途中，我試圖撥打電話給南俊，但他沒接。手機聽筒那頭傳來「您撥的電話目前無人接聽」的提示音，於是我傳了一封簡訊給他。

—兒童節那天有一名確診者去過哲宇的店，我現在和漢永一起去接受篩檢，但我們都沒有任何症狀，所以別擔心。看到這封訊息再和我聯絡。

篩檢完畢後，南俊剛好打電話來，解釋自己剛才在錄影，所以沒接到我的電話，並表示疫情愈來愈糟，確診者不斷被獵巫，全國確診人數也在迅速擴增當中。說著這些話的南俊從聲音就能聽得出來早已身心俱疲。他小心翼翼地問我：

「你那天……應該沒去酒吧或夜店吧？」

「拜託你清醒一點，我那天可是下午四點去梨泰院，哪間夜店會在下午四點就開始營業？而且那天晚上不是和你、漢永一起在家裡度過的嗎？你不記得了喔？」

「是啊，的確是。但……假如你的檢查結果是陽性的話，那我呢？」

「……不會的。」

南俊詢問我何時會收到檢驗報告，我只簡短回答：「明天。」然後我深呼吸，告訴他就算結果是陰性，也需要獨自一人被隔離半個月。

「什麼？」

南俊的聲音冷淡且低沉。

由於不能使用大眾交通工具，所以我從江南騎著共享單車一路騎回我們位於永登浦的公寓，到家時已經超過晚上八點。騎了一個半小時的單車，襯衫和褲子早已被汗水浸濕，腳後跟都被皮鞋磨破皮了，我脫去身上的衣物，直接走進浴室。

儘管洗完澡，身體還是感覺有點熱，一切都讓我感到疲憊煩躁。

走進主臥房，我看見衣櫃和抽屜都敞開，心頭一驚，以為家裡遭了小偷，但我很快就發現，原來是在我一路辛苦騎著單車回家的路上，南俊已經先到家，匆匆收拾了一些衣物帶離這間屋子，原本放有他的西裝、T恤和內褲的地方已經變得空空如也。他似乎走得很倉促，襪子和化妝品等物品散落一地，我本想幫他撿起收拾，最後還是選擇躺在床上。我打開電視，馬上看見南俊在播報新聞特輯，地圖上用紅色顯示著各地區的確診人數，南俊的聲音一如往常沉穩，只不過他似乎塗了過多的粉底，那張臉像戴了面具似的，過分白皙。

◇ ◇ ◇

隔天，我一起床就確認手機簡訊，看見保健所傳來了訊息。

－高燦浩先生，PCR檢測結果為陰性。

看到「陰性」兩個字，我馬上鬆了一口氣，打電話給漢永，得知他和哲宇也都拿到了陰性的檢測結果。我立刻將這項事實告訴金武陣部長，部長對我說，既然在家也能連到公司內網，就立刻開始工作。

我心想，即便檢測結果報告是陽性，可能也會聽到相同的回答。

接著，我打了一通電話給南俊，他似乎因為熬夜而聲音變得沙啞，回了我一句：「幸好。」他說他打算在電視臺對面的商務旅館住半個月。我努力壓抑著內心不停翻騰的各種情緒，回答：

「半個月，我們要等半個月後再見了喔。」

「是啊，才半個月而已。」

我們之間隨即陷入了一片沉默。南俊小心翼翼地開口說：

「這只是以防萬一……但應該不會發生……。總之，萬一有人問起……像是保健所等單位聯絡你的話，我們就是沒有見過面，只是房東和租客的關係，知道吧？」

「我又不是傻子。」

回答完，我自己都感到無力。南俊試圖緩頰，說自己應該是全國唯一一個足跡最簡單的人，只有在B電視臺、我們家、健身房這三個地點來回，所以才會基於擔心而說出剛才那番話。

「你也知道，我……過得不是很輕鬆。」

他的聲音帶著顫抖，不像他平日說話的方式。

可是啊，南俊，我們家對面的便利商店工讀生好像都已經能認出你了……健身房、公寓裡的電梯監視器，還有停車場裡的無數支行車紀錄器，應該也都有錄下你的身影……你的車甚至還在我們公寓大樓管理室做過登記。你，不就是和我一起住在這裡嗎……？真的要這樣嗎……？我們這樣繼續下去真的沒問題嗎？

想說的話已經滿到喉嚨，我卻沒有說出口，反而說了他最想聽到的那句話：

「不會有事的。」

「是吧？」

「好好吃飯，多保重，我們半個月後見吧！」

我盡可能用最開朗的聲音說完這句話，然後掛斷電話。我什麼也不想吃，沒有任何胃口。我從冰箱裡拿出冷水壺，嘴巴直接對著壺口一飲而盡。要是南俊看到這畫面一定會放聲尖叫，但我無論喝下多少水，始終沒有消除口渴的感覺。

我突然覺得，說不定南俊心裡在埋怨我也不一定，他可能正在拚命壓抑著那些想要對我說的難聽的話。

這時，保健所打來，告訴我如何下載隔離者都必須安裝的「安全保護」應用程式，並說明接下來會開始進行定位追蹤，從此刻起到隔離結束為止，絕對不能離開隔離地點。另外也強調，為了防止有人擅自離開隔離地點，相關公務員或警察可能會隨時登門檢查，所以要我務必牢記規定。對方最後補充道，隔離通知書和居家隔離者所需的防疫包已寄出，只要按照指示完成兩週的隔離生活即可。

保健所的人最後問我：

「隔離地點是否有共同生活的家人？」

我猶豫了一會兒，回答沒有。儘管先前有同住的人，但不是家人，甚至現在也沒有住在一起，所以我並沒有說謊。對方強調，防疫包裡備有體溫計，務必要每天測量體溫兩次，並記錄在應用程式裡；假如高燒持續半天以上，就要馬上與他們聯絡。我回答知道了，然後掛了電話。

我把手機隨手扔在沙發上，不想接任何人的電話。我突然想起保健所人員剛才說的話，於是走到玄關。

微微推開大門，發現門口真的有一個大紙箱。我把箱子搬到鞋櫃上放好，原本想打開來看，卻又覺得麻煩，索性作罷。客廳牆上還掛著寫有「Home Sweet Home」字樣的裝飾彩旗，明明才剛辦完喬遷派對，卻感覺恍如隔世，令人難以置信。我思考著要不要把掛飾彩旗拆掉，最後選擇留著，因為那看起來像是南俊留下的唯一痕跡。

我感到體力莫名地下滑，摸了摸額頭，似乎有微燒。可是檢測結果又是陰性，真是怪了。我重新躺回床上，衣櫃和抽屜櫃仍然保持著南俊未關就離開的樣子，我望著那個宛如破了一個大洞的衣櫃心想：

性格決定命運。

我想起初次聽聞漢永說這句話的那天傍晚，我看著滿月許願；回想從那之後我看過的無數個滿月，以及看著滿月暗自許下的種種心願，都是與南俊的戀情、健康平安有關。隨著和南俊相處的時間愈久，這些願望也愈積愈多，那些時光都像走馬燈一樣從我的腦海中閃過，儘管令人煩躁、絕望的事情也不少，但大抵上都算安然順遂。

甚至可以說是我人生中最美好的時光也不為過。

我鑽進被窩裡，閉上了眼睛。本想為半個月後的生活、為這段漫長又無助的時光許願，卻發現自己辦不到。

我想不出任何願望。

成為我們的瞬間

柳漢永和黃恩彩

黃恩彩剛轉來這間公司時，讓漢永想起了麗娜阿姨。因為她們兩人都畢業於女子大學，而且還是同一所學校，不僅如此，就連眼神、頸部線條清晰可見的短髮、纖瘦的身形等，都十分相似。除此之外，兩人第一份工作都是媒體相關產業，並且都在三十多歲的年紀毅然決然離職換工作，這些背景如出一轍。

因此，每當漢永面對恩彩時，都會有一種複雜得難以言喻的感受。畢竟對於漢永來說，只要想起年輕且健康、從未被任何病痛和歲月折磨過的小阿姨，就會感到心痛。

◇
◇
◇

漢永之所以對恩彩的履歷瞭若指掌，純屬偶然。某天，漢永所屬的行銷一部組員全體外出工作，行銷二部部長陳妍熙不知為何突然聯絡漢永，說要找他一起吃頓飯。當時行銷一部與二部正好動員了所有組員合作一件大規模的業務，基於合作經常一起開會、往來電子郵件，與二部部長一起吃飯也並不全然怪異，但對於漢永而言，仍是一頓令人很不自在的飯局。其實不只漢永，要和陳妍熙一起用餐，無論是誰都會感到壓力。

結果與陳妍熙共進午餐的地點並非漢永當初預想的員工餐廳，而是公司對面的高級西餐廳。陳姸熙部長還親自訂位，他馬上意識到這頓飯絕對不會吃得舒服。漢永開始感到壓力加倍。

餐前麵包一端上桌，陳姸熙便以最快的速度進食。她似乎對於這次新招募的行銷二部資深組長寄予厚望。她主動提到，自己是「重金挖角」這位原本任職於一間新媒體公司的組長，說對方原本是負責經營一個頗有名氣的YouTube頻道，面試時看到對方的履歷，發現和自己一樣是女子大學國文系畢業，用學號來算的話幾乎是姪女的輩分，諸如此類漢永並未問及的事情，她也一一道來。

「話說回來，柳漢永，你的學號是多少？」

漢永回答，自己是先當完兵才回來考大學，所以進入大學就讀時，已經比同一屆的同學大三歲。果不其然，陳姸熙非常擅長裝作若無其事（卻又帶著濃濃意圖）地巧妙挑起令人不適的話題。

「那麼，新來的組長應該和你同年嘍？你和高燦浩也同年，對吧？」

「是，我們同年。」

「是嗎？人與人之間的緣分還真巧妙，對吧？這樣看來，我們應該能談得更順利了。」

漢永完全聽不懂陳姸熙到底想表達什麼。很快地，他們點的義大利麵上桌了，才剛吃下一口麵，陳姸熙就開門見山直接進入主題。她提到自己打算推派那位新挖角來的組長，在行銷二部下成立一個小組，而且該名組長還會從原公司帶三名員工一起來，所以需要一名可以協調新團隊的人。她希望這個人要對行銷本部的文化有深入了解，同時又能勝任實務工作、工作能力傑出，第一個想到的人選就是漢永。漢永聽完這番話，盡其所能地裝作認真思考的樣子，然後回答：

「部長，可是前不久行銷一部才說要推展新業務，所以恐怕……」

陳妍熙露出了她特有的微笑，只有一邊嘴角微微上揚，說道：

「那種事情只要交給其他人去做就好，我對你的期許可不只是那種等級。」

陳妍熙表示，公司預計將重點放在數位行銷部門，所以也會投入大規模預算到這個領域，向漢永確認是否也有聽聞此事。

「隨著人事異動，你也該升為代理了吧，我看高燦浩都已經晉升為課長了。從他的氣勢來看，你在公司被冷落也是不爭的事實，打算只當個襯托鮮花的綠葉到什麼時候？」

陳妍熙的高明之處就在於——總是把大家心知肚明卻不想明說的敏感話題硬生生搬上檯面，捕捉那些像指甲倒刺般微不足道的小矛盾，堅持將其撕開，再趁著傷口裂開之時深入挖掘，最終把對方帶往自己想要的方向。漢永不得不承認，有時候的確會因為明明和自己同年、職等卻較高的燦浩而感到焦慮不安。但是儘管如此，他依然和燦浩非常要好，好到甚至被同事們戲稱是「辦公室夫妻」，最主要是因為燦浩是公司裡唯一和他坦誠互動的「同志」

朋友，所以也從未有過競爭意識。

陳姸熙最後又補上一句，她已經和行銷一部的部長講好了，表示這件事情早已塵埃落定。

於是，行銷一部的柳漢永被升為代理，並且轉調至行銷二部新成立的小組——數位行銷組。

◇　◇　◇

搬去新辦公室的時候，漢永感受到輕微的頭痛。因為辦公室就位在一樓發貨室的旁邊，才剛裝修好不久，瀰漫著濃烈刺鼻的油漆味；再加上沒有任何對外窗，天花板的燈光明亮度也偏低，讓人非常有壓迫感。而所謂的攝影棚，實際上就只是立了一片隔板、再掛一片去背綠幕。設備方面則提供了一些簡單的攝影器材、平衡環架、影片剪輯用的MacBook Pro和iMac（取代之前公司配發的行政庶務用筆記型電腦），僅此而已，實在難以想像當初提到的「大規模預算」究竟都去了哪裡。漢永不禁心想，這根本就是另一種變相降職。

而新來的組長黃恩彩，與其說她是一名年紀輕輕就當上組長、在職場快速升遷、被爭相挖角的Alpha型人格領導者，不如說她的性格更偏向能夠將交辦任務完美執行的輔助型角色。整個團隊包含她在內共五人，但是除了漢永，其他人都是和她在原公司共事已久，被她一起帶過來的人，這不免讓漢永擔心自己能否融入大家。然而，令他感到意外的是，這些人的感情似乎沒有非常要好，就只是各自戴著耳機搬東西、整理自己的物品，並設定自己的電腦而已，說話時彼此也都是使用敬語。整理完凌亂的設備與桌面後，漢永提議要不要去公司附近一起吃早午餐，順便讓眼睛休息一下。恩彩小心翼翼地向漢永說：

「我們團隊的習慣是，如果有工作以外的聚會，至少要在前一天通知大家……」

儘管語氣中沒帶惡意，漢永還是感到有些受傷。最終，大家決定午休時間結束後相約在會議室裡，簡單喝個下午茶就好，隨後就各自散去，連午餐似乎都是要各吃各的。漢永獨自前往員工餐廳，明明前幾天才和燦浩及後輩們前前後後在餐廳裡排隊用餐，此時卻覺得有點孤獨。

吃完飯後，漢永回到辦公室，看到恩彩獨自坐在會議室裡，一邊看手機一邊吃東西。漢永面帶笑容，坐在恩彩對面。放在恩彩面前的包裝袋上寫著「雞胸肉脆片」的字樣。

「組長，看來您有在進行身材管理喔，只吃這個不會覺得餓嗎？」

「啊，我剛才已經吃完一盒沙拉了。不過，漢永先生，我們可能需要整理一下稱呼呢。」

恩彩詢問漢永，公司同事之間原本的稱呼方式，漢永解釋道，公司原本是不分職等，一律在姓名後方加上敬稱[23]，但其實只有一般職員會這樣稱呼彼此，從代理以上就直接用職位來稱呼對方了。恩彩聽完後考慮了一會兒，說道：「我們團隊可能要用另外一種方式來稱呼彼此。」她向漢永提議，按照她之前任職的公司那樣，大家互相用代號來稱呼彼此。

「代號是指……要大家取英文名字嗎？」

「可以是英文名字，也可以是日文名字，只要是代號就好。我是『彩彩』，尹娜英是『娜娜』，朴允煥是『萊恩』，林景仁是『肯吉』。你也為自己取個代號，如何？」

漢永本來就知道有不少新創公司和ＩＴ企業會使用這種稱呼方式，但都已經年過三十，突然要取個代號實在有些尷尬。他表示自己實在想不到可以取什麼代號，請恩彩幫忙想一個，恩彩沉思了三秒，語帶輕鬆地回答：

「那就叫『漢斯』好了，和你的本名也類似，比較好記。」

「漢斯？《冰雪奇緣》裡那位油膩的王子？」

「我本來想到的是《龍龍與忠狗》裡養狗的少年，因為他和你的感覺滿像的，不喜歡嗎？」

「可是少年的名字是龍龍，漢斯在故事裡是惡毒的房東大叔。」

23 譯注：韓國職場用來稱呼他人的敬稱，往往會在對方的姓名後多加「님」這個字，意指先生或小姐。

「啊，那看來是我記錯了，抱歉。」

「不會，其實滿喜歡的，那就叫我漢斯吧，彩彩小姐。」

「把小姐省略掉，直接叫我彩彩就好。」

漢永心想，看來要把之前在行銷一部時，貼在隔板上的名牌收進抽屜裡了。

團隊成員陸續回到了辦公室，大家圍坐在桌邊聊天。萊恩和肯吉一開始給人的第一印象是沉默寡言又理性冷靜的，然而，實際聊天後發現其實性格隨和。而娜娜則是不管別人說什麼，都只會用簡短的方式回應，就像個演算法十分簡單的機器人。在這間眾人都努力戴上社會面具的公司裡，面對突如其來的罕見角色登場，把漢永搞得有點不知所措。恩彩向他介紹了在上一間公司時使用的工作方式，每個人的角色區分得非常明確；恩彩負責企劃和整體製作，萊恩和肯吉通常會負責場地租借、燈光布置和拍攝，娜娜則是負責包辦所有雜務與剪輯。另外，她還補充道，由於所有人聚在一起工作並沒有太大意義，他們會透過辦公軟體的分享功能來確認彼此的工作狀況，所以實際上除了一週一次的例行會議以外，等於是落實了完全自由的上下班制度。恩彩似乎很希望延續這樣的工作模式，因此在面試時應該也已向部長徵求同意。儘管如此，漢永依然有著不祥的預感，總覺得之後會有非常忙碌且繁重的工作在等著他。

本來，公司有一家專門負責管理暨開發網路系統的子公司，大家都是使用他們研發出來的工作用聊天軟體與網路工具，使用外部應用程式是受到嚴格控管（事實上是禁止）的，再加上以資安為由，公司還會要求員工的手機鏡頭都要貼上防偷拍標籤；在這樣的公司究竟需要花多少努力，才有辦法特立獨行地採用「彩彩團隊」系統？雖然公司名義上實行彈性工作制，然而，行銷二部的同仁會看陳妍熙部長的臉色——她從早上七點工作到晚上十一點才下班——上下班時間早已有了不成文的規定。即使陳妍熙真的同意黃恩彩的這種上下班制度，多少也會遭受公司本部其他人的異樣眼光。

下午茶時間才剛結束，娜娜就突然從位子上起身。

「那我先離開了。」

她還沒等任何人回應，就頭也不回地帶著自己的筆記型電腦和包包離開了辦公室。恩彩對著一臉錯愕的漢永解釋：「娜娜雖然有點社會適應性不足，但是影片剪輯能力卻是好得沒話說。」

不久後，陳妍熙部長當初說過會讓數位行銷組成為獨立單位的承諾馬上不攻自破。每當要添購新的拍攝器材或導入新程式軟體時，漢永都需要花費大量的時間和力氣填寫申購文件，陳妍熙從來不會一次就批准通過，每次都一定要呼叫漢永，請他把希望添購這些器材與程式軟體的理由有條有理地說明清楚。漢永心想，講好聽是獨立單位，其實根本還是在她底下，光是使用海外辦公軟體而非使用公司內網，她就氣得把全組人員叫過去，要大家給個合理的理由說服她。於是，在恩彩的主導下為此進行了一場簡報：強調影像製作小組倘若受到其他單位的影響，很容易就會失去趣味性，進而慘遭市場淘汰；而那些被列為優秀案例的其他公司YouTube頻道，都是在充分保障團隊自主性的前提下製作而成，唯有如此才有助於強化影音內容的品質。陳妍熙十指交叉，沉思片刻後，突然拍了一下桌子，說道：

「所以是要我徹底放任你們別管就對了，是吧？好，反正結果會說明一切。」

陳妍熙部長是一名會在關鍵時刻做出令人意外決定的人。恩彩向她鞠躬，並承諾將全力以赴。這時，陳妍熙笑著說：

「這組是什麼親子餐廳嗎？每個人的名字是怎麼回事？」

面對這句帶有嘲諷意味的發言，恩彩只用微笑帶過。

至於娜娜、肯吉、萊恩三人則像在隔岸觀火，坐在位子上一副事不關己的樣子。漢永覺得這種漫長又艱難的衝突將會無止盡地反覆上演。

◇ ◇ ◇

為了替公司進行宣傳，他們成立了一個YouTube頻道。原以為開設企業頻道會需要經過一連串繁瑣的流程，沒想到只需要漢永在Google上註冊一個新帳號，再連結到公司法人的戶頭即可。

陳妍熙部長先前提到的大規模投資似乎並不全然只是嘴巴說說的空頭支票，的確預留了許多製作預算，也透過宣傳部門在各大平臺網站上大量散播宣傳自家YouTube影片的貼文。影片上傳後，恩彩的實力充分得到了展現的機會，她在上一間公司擔任製作、出演、剪輯的實務工作者能力展現得淋漓盡致。娜娜則是有別於給人陰鬱的第一印象，字幕下得精準有力，為影片增添了不少可看度，漢永也親眼目睹過好幾次原以為已經沒救的原始影片，最後在娜娜手中脫胎換骨。

恩彩從前公司一起帶來的這些組員，實力的確優秀，值得陳妍熙「高薪挖角」。

恩彩與漢永共同企劃的影音內容接二連三獲得成功，尤其是一支將所有企業都會在每一季推出的求職攻略內容剪輯成兩分鐘快速問答的影片，更是引爆了大量的觀看次數。他們還以恩彩和漢永為主角，從行銷人員的角度拍攝了公司Vlog，並著眼於公司各樓層使用不同機型的咖啡機，錄製了一支咖啡評鑑對決的影片，還製作了綜藝節目，專門邀請時下最夯的話題人物。彩彩和漢斯兩人在公司裡變得愈來愈有名，照片直接被張貼在公司大樓的出入門上，電梯裡的小螢幕也反覆播放他們大獲全勝的影片。如今，公司裡已經沒有人不認識他們，有些員工還會暗地裡嘲諷，說他們是在花公司的錢來滿足私人（想要得到關心與矚目）的慾望，但誰都不能否認他們的影響力日益增加，早已超越公司內部並擴散至普羅大眾。

由數位行銷組製作的影片幾乎每隔一週就會登上韓國最高點閱率的影片排行榜，並開始被列為企業YouTube運用優秀實例，一些經營管理學會和財經雜誌也關注到這樣的成功，紛紛請求採訪。

從此之後，只要跟數位行銷搭得上一點邊的事，就會全部丟到這裡，大量的工作接連湧入，早已超出五名團隊成員的負荷。儘管漢永有過無數次想要離職的衝動，卻還是無法放棄每個月的薪水和績效獎金。畢竟比別人起步晚，所以必須堅持下去，更何況自己也已經不年輕。每當他看見在停車場等他下班的那輛帥氣BMW，就會打起精神重新振作。加上長期同居如家人的哲宇最近經濟狀況不佳，所以他也得承擔起一家之主的責任。伙食費、房租、水電費等固定開銷加總起來，每月都是一筆不小的金額。

所以必須賺錢，拚了命地賺錢。

隨著惱人的疫情席捲全球，行銷的重心也從電視或電影等大型廣告媒體轉移到了YouTube和社群媒體。這對全球來說是徹底的不幸，但是對於漢永和恩彩來說，反而是千載難逢的好機會，彷彿時勢造英雄，全世界都在幫助數位行銷組。

由行銷一部和二部聯合主辦、以全國為單位所進行的演講活動及社會公益事業等大多轉往線上宣傳，公司則是指定由恩彩和漢永來負責統籌進行。原本被安排在公司一樓角落、備受冷落的辦公室和攝影棚，也搬到了公司的高樓層。新辦公室位於十五樓，最近才剛裝潢完畢，透過窗戶一眼望去可以俯瞰漢江全景，原本是公司經理人辦公的地方。而恩彩的小組也從本來的五人增加到了八人。

恩彩和漢永隔年在業績考核中拿下了最高的S等級，就連哲宇都說這是他第一次看到漢永如此認真出門去上班。過去漢永總是與燦浩被公司傳為「辦公室夫妻」，但這次換成和恩彩送做堆。變成了「辦公室夫妻」，他和恩彩都對這樣的傳聞一笑置之。

◇ ◇ ◇

恩彩是一個公平且有責任感的組長，從某種角度來看，這些或許是身為領導者本該具備的基本特質，然而，在現實的職場上要遇到擁有這種基本素養的人並不容易。無論誰在什麼時間上傳工作表，恩彩總是第一個檢查；她和漢永合作無間，很有默契，負責的事情一定會堅持到底。儘管公司不提倡加班，恩彩仍自願加班，宣傳影片或企劃書只要她親手處理過就會變得與眾不同。她會充滿自信地對漢永和後輩員工提出具體方向，大部分也都滿恰當，因此，幾乎不會有不愉快的情形發生，只是偶爾會讓人感到疲憊。在任何情況下都努力維持公正客觀的她，經常向團隊成員提出真誠建議，但有時也會因此而使團隊成員感到窒息。漢永則是因為天生性格比較粗心大意，偶爾會犯下一些小失誤，所以面對其他人的失誤也相對寬容。其實他的性格更像是對他人漠不關心、不感興趣，但這樣的性格似乎讓後輩們覺得相處時較為舒適。隨著時間流逝，恩彩和漢永逐漸形成了一種默契，會自然而然輪流扮演黑臉和白臉。

漢永很喜歡恩彩，假如是有年齡差距的主管，可能就不會這樣了。兩人因為是同年，所以能維持相較對等的關係，他也比較不排斥聽取恩彩的建議。除此之外，漢永還親身經歷過一種神奇的體驗，原本像毛線球般糾結成一團的問題，只要和恩彩聊聊，就會不知不覺得到梳理。漢永本來是個絕不參加公司任何聚餐的人——除非是強制性的，但他現在變得經常在公司附近和恩彩兩人小酌，久而久之，兩人也變成了會分享私事的關係。

某次喝酒，漢永一時衝動告訴恩彩，自己的愛人其實在梨泰院經營一間居酒屋，去年連假期間因為在店裡幫忙，才成了密切接觸者。他坦言自己從那之後就經常對另一半感到怒火中燒，即使明知這樣不對，卻還是忍不住會產生憤怒的情緒。恩彩沒說什麼，只是輕輕摸了摸漢永的頭。瞬間，漢永又不由自主地想起了麗娜阿姨的身影；無論是對待漢永的態度、不過問他沒主動說出口的事情、就算得知一些事情也選擇默默聆聽的姿態，以及尊重對方既有樣子的態度，都和麗娜阿姨如出一轍。

之後的某一天，恩彩在平時常去的專賣紅酒的酒吧喝酒，喝到一半，突然問漢永：

「漢斯，你都沒有經歷過情侶之間的倦怠期嗎？」

漢永礙於自身處境較為複雜，所以一直以來從未與恩彩談論過自己的感情問題，兩人只知道彼此有交往多年的對象而已，也或許是因為漢永從未以「我女朋友」這種普遍的表達方式提及自己的愛人，所以恩彩可能早已心知肚明，只是心照不宣，也說不定是因為她本來就比較尊重每個人的隱私，總之，恩彩從未探問過漢永的戀情。她自己也不是那種喜歡透露私事的人，可是那天的她卻和平日不太一樣，正當漢永覺得喝得差不多了該回家時，恩彩突然像丟下炸彈似的說道：

「其實我男朋友已經三天沒回家了。」

「什麼？」

「我們本來一直都住在一起……」

恩彩才剛說出這句話，眼淚就像漏水的水管一樣流個不停。漢永驚慌失措，什麼話也說不出口，只好默默遞了幾張餐巾紙給她。恩彩哭了許久，好不容易才打起精神來，擤了擤鼻涕，開始滔滔不絕地向漢永傾訴一切。

她說她和男朋友從大學時期就開始交往了，對方挑戰報考公職人員五年多，最終仍以失敗收場。不知是因為年紀還是因為缺乏工作經歷的關係，在就業市場上也頻頻碰壁，直到最近才幸運地在京畿道郊區的一間公營企業找到工作。他剛完成新進員工培訓，前不久才回到家，兩人的對話及交談時間就從那時開始減少了。恩彩說，相較於同梯的夥伴，男友年齡較大，所以在職場上明顯難以適應融入，而她自己也因工作繁忙，經常熬夜加班，根本無暇理會男友。滔滔不絕地說到這裡，她突然意識到自己好像說了太多，因此調整回平時的冷靜表情，並且替自己打圓場：

「我今天話太多，這些話你就當作沒聽見，全部忘掉吧。」

漢永決定向恩彩邁出一步，讓這份友誼變得更加緊密，所以笑著對她說：

「別擔心，我也同居中。」

這算是一種祕密的等價交換。

恩彩似乎有些驚訝。漢永繼續補充道，自己同樣也是比其他人更晚踏入職場，所以能夠理解恩彩男友的心情，並表示自己另一半的年紀也比較大，所以有時候也會感到溝通不良。

眼看漢永可以感同身受，恩彩便鉅細靡遺地講述了自己的情況。三天前，兩人因為一件小事起了口角，後來男友負氣離家，自此之後音訊全無。交往這麼多年，不乏大大小小的爭吵，但是完全失聯的情況倒是第一次。

漢永小心翼翼地提出了自己的猜測，認為說不定是在培訓期間認識了其他女生，畢竟因為這種事情而導致關係面臨危機的情侶多不勝數。

「妳想想看，那可是把一群長相不錯、條件相似的男女關在同一棟大樓裡二十四小時，跟戀愛實境秀沒兩樣。」

恩彩默不作聲地將紅酒一飲而盡，緩緩點頭。她說過，兩人的關係是從男友上完新人培訓回來後才發生明顯變化。漢永和恩彩一邊推測各種可能性，一邊分析離家出走的男友去向與心理。整個聊天過程中，恩彩都沒有問過漢永當初是如何和另一半認識、另一半是個怎樣的人等問題，漢永對此感到慶幸，並陷入一種錯覺當中——以為自己與恩彩已經超越了同事情誼，形成了類似諮商師與求助者之間才會感受到的互信關係。

漢永那天坐在自己的車子後座，由代理駕駛司機載他回家。他反覆思索，這股熟悉感究竟是什麼，然後很快地，他明白了。

短髮女子強忍哭泣的模樣，像蓄滿水的水壩獨自擁抱著一堆祕密，最終只願意為漢永開一道小縫隙的人——

麗娜阿姨。

◇　◇　◇

麗娜阿姨總是叫漢永：「永呀～」

是「永呀～」，不是「永啊～」。那是源自於漢永母親的故鄉方言，習慣取人名的最後一個字，將其改為暱稱來稱呼，其他親戚用方言口音這樣稱呼，漢永聽起來總是很自然，唯獨麗娜阿姨用首爾腔調叫「永呀～」讓人感覺格外特別。漢永的母親到國中為止都生活在故鄉，但麗娜阿姨是從出生就在首爾生活，所以從未使用過方言，儘管如此，她仍以「永呀～」來呼喚漢永。

麗娜阿姨出生在五名女兒的家庭裡，排行老么。她和第四個姊姊就已經差了整整九歲，和長女，也就是漢永的母親，則相差十五歲，所以她和外甥漢永只相差十三歲而已，如果從世代來看，甚至和漢永更相近。

麗娜阿姨的本名是「貴春」，漢字是珍貴的「貴」配上春天的「春」，帶有春天來臨的貴客意涵，然而，整個家族都心知肚明，這不過是為了戶籍登記而倉促取下的名字，因為對於引頸期盼十多年、希望能有個兒子的外祖父來說，小阿姨就和不速之客沒有兩樣。無論名字的寓意多麼美好，「貴春」在過去和現在聽起來都是個奇特又俗氣的名字，仔細回想，她上面的姊姊都是使用「明」字輩，明玉、明淑、明申、明慈，唯獨她沒有使用「明」這個字來取名。也許是因為這樣的獨特性，麗娜阿姨總是過著與眾不同的人生。

麗娜阿姨在國小五年級時，就已經為自己取了一個國籍不明的名字——「麗娜」，並且廣報周知，但周遭沒有任何人用這個名字稱呼她。傷心的麗娜阿姨只好教育當時被寄託在外婆家的小漢永要叫她「麗娜阿姨」，因此，比起自己的名字，漢永反而是先學會了「麗娜」這個名字。

漢永的外公年輕時是一名軍官，在麗娜阿姨國小畢業時退役。爾後，他舉家遷移至京畿南部，一次把所有退役年金領回，然後拉攏所有人脈投身高爾夫球場事業，最終賠掉了身上所有資產。有別於就讀軍官宿舍附近的學校、被當成千金對待長大的姊姊們，麗娜阿姨的一切都得靠自己努力奮鬥才有辦法爭取。儘管她天生聰慧，很會讀書，大學升學之路仍有但書，因為外公明確表示，唯有考上首爾大學或A女子大學才會幫忙付註冊費。爭氣的麗娜阿姨憑藉著優異成績且可以領取全額獎學金的資格考上了A女子大學，這也意味著儘管她的成績足以進入排名更前面的大學，仍然選擇就讀A女子大學。最終，麗娜阿姨在沒有接受外公一分錢援助的情況下，取得了英文系學士學位，畢業後進入一間公營電視臺位於江原道的分部，開啟了擔任主播的生涯。雖然她也有收到首都圈幾間公司的錄取通知，卻毫不猶豫地選擇前往江原道。其實這樣的決定也體現了她想要徹底脫離家人的意志。

至今為止，稱呼小阿姨為麗娜阿姨的人，全世界只有漢永一人。

麗娜阿姨知道關於漢永的一切。

◇ ◇ ◇

隨著新的一年開始，原本一直行走在康莊大道上的數位行銷組颳起了不尋常的風向。辦公室搬遷至十五樓後的發展並不全然美好，反而惹來非議，其他部門的同仁與高層，紛紛用各種閒言閒語來詆毀數位行銷組，諸如以彈性工作制度為藉口、實際上工作紀律亂七八糟，或者假借出差之名刷公司的信用卡到處去吃喝玩樂等，各種誣陷與毫無根據的傳聞甚囂塵上，漢永切身體會到棒打出頭鳥這句話是千真萬確的事實。

而就在這段期間，剛好還迎來了公司經理人的升遷期，行銷二部部長陳妍熙將與行銷一部部長金武陣競爭公司常務董事職位的傳聞傳遍公司內部，兩人是透過公開徵選進入公司的同梯夥伴，數十年來都是等速升遷，必然成為競爭關係。於是，行銷本部籠罩在一股緊張的氛圍當中，甚至連飛過的鳥兒都感到窒息。

不久後，終於爆出問題。星期一，例行性的週會前，陳妍熙部長緊急把恩彩和漢永叫了過來，兩人到了位於十二樓的行銷二部辦公室，感受到超過百人的目光全部聚焦在他們身上。陳妍熙開始對著走向辦公桌的兩人破口大罵：

「你們知道公司上上下下都在說數位行銷組的工作紀律有問題嗎？」

恩彩謹慎斟酌每一個字，回答：

「畢竟當前時局比較敏感……再加上我們的工作性質，除了負責剪輯的同仁以外，其他組員大部分都外出工作或居家辦公，所以可能會讓公司裡的人誤以為我們工作紀律鬆散。」

「時局？妳難道不知道我們公司可是零確診嗎？其他部門的人是很樂意每天來公司上班堅守崗位是不是？公司是什麼公園遊戲區嗎？想來就來、想走就走喔？你們也知道我忍很久了吧？無論外出的工作量多麼繁重，超過一半的組員都不在公司，這像話嗎？可別忘了你們這組嚴格來說也是隸屬於行銷二部，假如老是這樣無視上下班時間，特立獨行，公司裡的其他人會怎麼想？」

「不好意思，是我考慮不周。不過當初跳槽來這間公司，是因為您承諾過會讓我們團隊獨立運作，所以才會做出這樣的決定，況且，成果才是最重要……」

「但還是要遵守基本規矩吧！難道是因為太年輕就當組長，所以才這麼不懂得察言觀色嗎？柳代理，你怎麼都沒善盡職責？我不是有對你說過，要是黃組長有什麼不清楚的地方，你要適時地幫忙做協調嗎？這就是我當初把你安插在這組的理由啊！」

「不好意思。」

我們被突如其來的訓話搞得不知所措，只能像被班導師斥責的學生一樣低頭不語。陳妍熙部長的辦公桌上擺著一本社內期刊，以她為封面模特兒的本期期刊標題是：「用溫柔領導力一把掌握網路行銷！——陳妍熙部長」漢永目不轉睛地盯著期刊上的陳妍熙的眼睛。

「順帶一提，你們那組的尹娜英，到底是做什麼的？」

據說常務董事到辦公室視察時，尹娜英居然赤腳盤腿坐在位子上，連頭都沒點一下——這件事情直接在公司裡傳開，雖然漢永是第一次聽說，但他不意外，認為這的確是娜娜會做的事情。

「常務理事問她是誰，我聽完這番話羞愧得臉都紅了。她是什麼美國人嗎？不懂這些禮節嗎？然後，你們這組的人穿著又是怎麼回事？」

儘管公司內部有個不成文的規定，容許員工的休閒商務風格，但是這項規則並沒有落實在數位行銷組，肯吉和娜娜經常穿著短褲，光腳或踩著拖鞋在辦公室裡走來走去。漢永曾經多次提醒恩彩留意一下服裝儀容的問題，然而，恩彩堅定地表示，自己並不想干涉團隊成員工作以外的事情。陳妍熙直接果斷地說：

「我再也無法容忍，只有你們團隊這麼突兀。」

搭乘電梯回到十五樓辦公室時，漢永感受到恩彩的肩膀上似乎多了一層厚厚的負擔。

◇ ◇ ◇

不到半個月，人事部便通知即將對尹娜英進行申誡處分。當時恩彩正因為錄影而出差，人在南楊州。漢永認為，雖然娜娜的穿著較休閒，但也沒到需要申誡處分的地步，然而，後來才發現，原來是因為娜娜至今尚未遞交到職後就該馬上交出的畢業證書。漢永立刻將娜娜叫了過來，詢問她為什麼還沒有交畢業證書。

「因為我被退學了啊。」

娜娜解釋，自己從大學四年級上學期開始在前一間公司上班，後來因為沒有再與學校聯絡，所以被自動退學了。漢永聽完解釋，表示自己知道了，隨即走進一間無人使用的會議室，撥了電話給恩彩。

「彩彩，妳知道娜娜大學沒畢業的事情嗎？」

恩彩語帶堅定地表示，據她所知，娜娜是國立藝術大學影像學系畢業，並詢問漢永發生了什麼事，為什麼娜娜加入公司以後都沒什麼問題，現在突然又有問題？漢永只說會進一步了解情況再與她聯繫，便掛斷了電話。

隨後，漢永立刻打電話給同梯的人事部門同仁K，詢問他有沒有什麼方法可以解決這個問題；K翻了翻公司規章，向漢永說明要是娜娜現在不重返學校就讀、取得學士學位，就會以有損勞資之間信任為由遭到解僱。另外，他還補充，由於先前公司就已經有過類似案例，最後的確解僱了該名員工，所以應該不可能通融。漢永掛上電話，用左手按壓太陽穴，感到一陣頭痛。

隔天，恩彩和漢永一起苦思解方。漢永發揮他查找資料的特殊專長，找到了一些可以讓娜娜兼顧工作和學業的學分銀行[24]制度以及幾所網路大學。恩彩拿著漢永整理好的清單走向娜娜，並請她向人事部解釋，自己已經在諮詢學分銀行制度，預計今年內會取得學士學位。

「一定要浪費時間做這些事嗎？只要工作表現好不就好了？」

「是啊，妳說的沒錯。」

「我本來在上一間公司做得好好的，是彩彩妳帶我來這裡的啊，當初說這間公司更穩定，工作也會更舒適，妳忘了嗎？」

「抱歉，娜娜，但是每一間公司要求的標準都不太一樣，妳也知道的。這裡因為是規模較大也成立較久的公司，所以很難以個案處理，妳一定要配合。」

娜娜閉口不語，只拿起外接硬碟，走出辦公室。雖然漢永想要向她大喊：「妳要去哪裡？」但是話到喉嚨就卡住了。辦公室的玻璃門才剛關上，恩彩就用顫抖的聲音說：

「現在的年輕人到底……」

那是比責罵還要重的一句話。恩彩似乎自己也嚇到，連忙用手摀住了嘴巴——在難以忍受、充滿憤怒的情況下，她只是說出一句無傷大雅的話，就將嘴巴摀起來。漢永看著她的舉動，突然明白恩彩一路走來所經歷的時光、目前承受的壓力，以及為了不對員工展現高壓態度而付出多少努力等。漢永從正在深呼吸的恩彩背影，感覺到了麗娜阿姨的殘影。

◇　◇　◇

漢永還在讀高中生時，聽聞麗娜阿姨要結婚的消息驚愕不已，因為他一直以為阿姨是全世界距離結婚最遙遠的人。

「這丫頭，聽說她還懷上了孩子。」

不僅要結婚，居然還懷孕了。那是在外公與外婆相繼過世後，漢永的母親實際擔任家長角色的時候，她說麗娜阿姨的未婚夫，是一輩子都住在江原道鄉下的土包子（但是說這句話的漢永母親也是鄉下出身），不僅外表長得不好看，也沒房子沒財產，甚至還年紀一大把，但「至少」是國立大學畢業的。那是漢永第一次學到原來「至少」這個單字還能被拿來這樣使用。漢永的母親嘆著氣說，這門婚事顯然是我們家要負擔較多。

24 編注：韓國於一九九五年開始推動學分銀行制度，即成人自學校畢業後，於國家認可的終身學習機構修習課程，即可獲取學分，學分累積達一定程度後即可頒授學位，終極目標是將終身學習精神體現於社會、協助民眾實現生涯學習的理念。

「為什麼？能在大學附設醫院上班的醫生，已經很不錯了啊！」漢永的爸爸說道。母親聽完忿忿不平地反駁：「可是麗娜是從A女子大學畢業的女性欸！」並強調妹妹還是公營電視臺的正職主播。雖然他們匆匆訂下結婚日期，要趁肚子尚未明顯可見之前趕快舉辦婚禮，但漢永的母親仍然覺得心裡很不是滋味。

結婚典禮當天，漢永初次見到即將成為姨丈的人，感到非常失望。他的臉黑黑的，給人有點委屈的印象，個子也矮不隆咚，無論怎麼看都覺得和阿姨完全不搭。在新娘休息室裡見到的阿姨，臉上帶著土氣又厚重的妝容，徹底將精緻清秀的五官遮住。漢永問：「究竟為什麼會弄成這個樣子？」麗娜阿姨回答：「不知道，一轉眼就變成這樣了。」

「妳到底喜歡他什麼？」

「就……滿單調安全的。」

「什麼嘛，又不是在挑T恤。」

阿姨被漢永逗得咯咯笑，也不知道有什麼好笑，就連十幾歲的漢永都能感受到，那一連串的笑聲絕非純粹由幸福或快樂組成。隨後，阿姨像是要對漢永說出天大的祕密似的，在他耳邊竊竊私語：

「永呀～有人說，性格決定命運喔！」

當時，漢永完全無法理解這句話的真正意涵。

原以為安全的江原道鄉下男，才過沒多久，就發現原來是個連平均水準都不到的渣男。婚禮才剛辦完不久，漢永就從父母的談話中得知，阿姨腹中的胎兒出了問題。儘管漢永多次想要打電話給阿姨，卻不曉得該說什麼、該如何開口，只好作罷。然而，一連串的不幸尚未結束，那個鄉下男竟然對阿姨動手家暴。當新婚才三個月就逃家的麗娜阿姨回到娘家時，幫她開門的人就是漢永。阿姨一臉狼狽，用滿是瘀青的臉對著漢永露出笑容。

「好久不見，你長好大了啊。」

漢永不知道該說什麼，於是將阿姨可能最想聽到的一句話直接脫口而出：

「歡迎回來，麗娜阿姨。」

阿姨抱住漢永，緊緊地、用力到能夠感受彼此體溫的程度。阿姨的短髮輕碰著漢永的臉頰。

阿姨的丈夫有著近乎病態的執念，每天不分晝夜地打電話給阿姨請求原諒，後來阿姨避而不接，對方甚至還直接跑來首爾的娘家找她，全靠漢永的爸爸費盡心力花好幾個小時按捺、勸說，才好不容易將他勸離。這段過程中，阿姨都要躲在漢永的房間裡屏住呼吸，不能出聲，漢永看見阿姨的下顎在不停顫抖。沒過幾天，阿姨的手機再度響個不停，幾乎到了騷擾的程度。阿姨問漢永：

「你有錄音機嗎？」

漢永想起自己的電子辭典有錄音功能，於是，阿姨請漢永把那臺辭典拿過來，交代漢永在她講電話的時候幫忙把通話內容錄下來。阿姨接起了電話，開啟擴音功能，漢永按下了錄音鍵，緊張到手心都冒汗。他聽見男子對阿姨言語辱罵，說她本來就是個不檢點的女生，玩弄了他的真心，最關鍵的是，他還說是因為阿姨懷孕初期不多加小心，一直在外面鬼混才導致流產，總之都是一些聽起來十分荒謬的發言。阿姨長嘆了一口氣，冷靜地向他回應，孩子流掉不是她的錯，更何況身為伴侶，將這件事情怪罪於她，不僅是不負責任的行為，身為醫療從業人員也不該有這樣的指控。最重要的是，這一連串的行為顯然就是暴力……

情緒激動的男子在電話那頭大聲咆哮，揚言要將所有事情公布到阿姨任職的電視臺，要讓眾人知道她是一個多麼糟糕的女人、讓她永遠無法和任何男人結婚。掛上電話以後，阿姨取得了四十分鐘的錄音檔案，最終在六個月內順利完成了離婚訴訟。

阿姨原本是申請病假，後來也辭去了電視臺的工作，回到首爾。隔年，她回到自己的母校，一所私立學校，擔任英文老師。

漢永還記得，有一天阿姨怒氣沖沖地回到家，說自己和學年主任傳出緋聞。

「竟然會把我和那個長得像破舊飯鍋一樣的老頭送作堆，這像話嗎？」

阿姨氣得直跳腳，抱怨著一定是因為看她離過婚好欺負。母校成為工作崗位，其實也意味著要活在曾經來參加過婚禮的那幾位賓客捏造出來的謠言當中。

麗娜阿姨就這樣和漢永一起生活了三年。

最先察覺漢永會對同性產生性慾的人也是麗娜阿姨。當時還是高中生的他，正在對自己尚不確定的性取向和慾望進行各種實驗。

那天，漢永和住在同一個社區公寓、比自己大一歲的同校學長相約一起進行「實驗」，雖然他們也曾考慮過要以社區遊戲區或公園長椅、路燈下等地點作為實驗場所，但是因為擔心世俗的眼光，最終決定按照「愈危險的地方其實就是最安全的地方」這句俗語，選擇在公寓內的一處死角——十樓往十一樓的樓梯轉角——進行探索。在那接吻就會被當成親密行為的年代，兩人親到忘我，嘴唇都快破皮，忽然間，他們感覺到有腳步聲靠近，漢永嚇得一把將對方的身體推開，同時他的視野裡出現了一個黑色的身影，那是穿著連帽運動服的麗娜阿姨。麗娜阿姨的眼睛稍微睜大，輪流望向漢永和學長。漢永試圖找藉口解釋，卻不知道該怎麼說明他解開的兩三顆校服鈕釦、紅腫的嘴唇，以及當下的情況。麗娜阿姨故作鎮定，表現出什麼也沒看到的樣子，大幅度前後擺動雙臂，甚至還發出「呼呼」喘氣聲，繼續爬樓梯向上。

漢永被天要塌下來的恐懼感籠罩，要是阿姨問起該如何回答？他擔心著爸媽說不定也很快就會知道，然而，隨著一天過去、兩天過去，卻什麼事都沒發生。最終，他忍不住主動先向麗娜阿姨開口：

「阿姨，妳沒什麼話要對我說嗎？」

阿姨先露出了稍微驚訝的眼神，但她一句話也沒回，只是帶著她特有的燦爛笑容，摸了摸漢永的頭。直到那一刻，漢永才終於能放心地好好呼吸，並且意識到自己已經被難以喘息的巨大壓力折磨了好幾天。

麗娜阿姨就是一個即使看到、知道、感覺到一切，也依然不說破的人。不只是對任何人都不說，就連對漢永也是。漢永認為，麗娜阿姨的沉默也許更貼近無止盡的理解與寬容。

和麗娜阿姨一起生活的期間，漢永的英文實力突飛猛進。阿姨每晚都會打開有線電視，邊看電視邊喝啤酒，而漢永也會陪著阿姨一起追《六人行》、《慾望城市》那些美劇，因此，漢永長大後選擇去澳洲打工度假，其實也是深受麗娜阿姨的影響。有時，阿姨喝醉會喃喃自語：

「這個破學校，等我做到能領退休金的年資，一定馬上離職！」

這句話非常像麗娜阿姨會說的抱怨，她因為外公的緣故，對退休金有著很深的執念。爾後，阿姨搬到學校對面的公寓居住。工作十五年來，無論是刮風下雨還是下雪，無論遭受多大的屈辱，都堅持每天到學校上班，沒有一天缺勤。

在一次為了安慰情緒低落的恩彩（她當時正為娜娜的事情而煩心），和她小酌兩杯完回家的路上，漢永撥了一通電話給麗娜阿姨，可惜電話沒有接通。他已經不記得上一次是什麼時候和阿姨講電話了，莫名有著一種奇怪的感覺，於是留了一封訊息給阿姨。

－阿姨，妳最近都還好嗎？收到訊息記得聯絡我。

◇ ◇ ◇

高階經理人升遷結果一公布，公司便掀起了一波騷動。最終被升為常務董事的人是行銷一部的金武陣部長。所有人都在猜測，定性、定量指標全部創下壓倒性成績紀錄的行銷二部陳姸熙究竟為什麼會落敗，而大致上的論點都認為，金武陣是憑藉身為男性、一家之主，甚至還是一位候鳥爸爸（帶有同情票意味的優渥績效考核）才得以升遷。儘管這間公司在大企業之間已經算是以進步的企業文化自豪，核心部門卻從未出現過女性高階經理人。有人猜測，或許是因為陳姸熙野心勃勃打造的數位行銷團隊被高層盯上了，才刻意阻擋她的升遷。漢永不禁擔心，好不容易才走到這個地步，團隊的命運恐怕會變得岌岌可危。

◇ ◇ ◇

已經一個多星期沒收到麗娜阿姨的回覆了。上班途中，漢永又撥了阿姨的電話，但是電話那頭只傳來「您撥的電話未開機」的語音回覆。他直覺一定是出了什麼事情，正擔心著阿姨的安危，停車時一個不注意撞上了前車。前車是一輛黑色賓士，漢永的ＢＭＷ前保險桿和對方的車屁股都留下了像田埂一樣深的凹痕，看樣子是簡單噴漆無法修復的狀態。前車的前擋風玻璃上留有車主的手機號碼，漢永撥電話通知對方；從對方口氣聽得出來，得知愛車遭撞，他非常不耐煩，表示將會索討車子的維修費用。漢永只要一想到汽車保險費將會因此而上漲，就感到一陣胃痛。然而，這的確是他的過失。

那天下午，漢永收到了公司人事單位傳來的電子郵件，關於尹娜英的懲處結果將於一週後決定。這封信的收件者為尹娜英、黃恩彩，副本收件者則有漢永和陳妍熙。事到如今，紙已經包不住火，這封信才傳來不到十分鐘，陳妍熙部長就親自來到了十五樓，踩著她獨特又充滿自信的步伐，走進了數位行銷組辦公室。她將恩彩帶到了走廊上，兩人的對話清楚地傳進了辦公室裡。

「黃組長，這件事情妳打算怎麼辦？」

「部長，對不起，應該是和尹娜英小姐出了一點溝通上的問題，都是我不好。」

「溝通？什麼溝通？這種事情能拖嗎？從我當上部長以來，從未用過一個只有高中畢業的人，而且還給她正職職位。現在就立刻讓她走人！」

「不行，尹娜英小姐是我們團隊裡的核心成員，當初也是我帶她過來的。」

陳姸熙雙手交叉在胸前，長嘆了一口氣，然後用比先前再低一個音調的聲音說道：

「黃恩彩，妳給我聽清楚了，妳現在可是犯了天大的錯誤。尹娜英很會剪輯、有創意、擅長捕捉那些B級笑點並將其充分發揮，這些我都知道，可是像她這種程度的人才滿街都是，妳以為她是因為喜歡妳才待在這裡嗎？」

「部長，我不想要打破多年來好不容易累積的團隊默契。」

「你覺得尹娜英還能在你們團隊裡待多久？我告訴妳，最長不過六個月，更不爽的話，下週就有可能不來了，知道嗎？出勤紀錄亂七八糟、大學也沒畢業，有必要為了這種人搞成這樣？妳總是袒護下屬，不表示妳就是個有能力的主管，該推走的就得懂得推走。自己放眼周圍看看吧，全都是領了號碼牌在等著看妳失敗跌倒的人，難道巴不得讓這些人抓住妳的把柄嗎？妳過去吃了那麼多苦，難道就只是為了走到今天這裡？我所認識的黃恩彩可不只是這樣喔，還是我看錯妳了？」

恩彩低著頭，不發一語。

「我相信，妳會做出正確判斷的。」

陳姸熙說完直接搭電梯離去，似乎覺得不需要再聽恩彩回應。

回到位子上的恩彩，額頭和脖子上滿是汗水。漢永問她：「還好嗎？」恩彩只能勉強揚起嘴角回答：

「還好。幸好娜娜外出工作了。」

◇ ◇ ◇

第二天，漢永依舊沒有等到麗娜阿姨的聯絡，他又嘗試撥打了好幾通電話，都只聽到手機關機的提示音。後來，漢永反而收到意料之外的對象所傳來的訊息，而非苦苦等待多日的麗娜阿姨；那個人是陳妍熙，她在訊息中表示有話想要對漢永說，希望能找個時間和他單獨聊聊，約他晚上下班後在公司對面的咖啡廳見。漢永不知為何感到背脊一陣涼。

當他在員工餐廳簡單吃完晚餐，準備前往約定的咖啡廳時，在公司門口看見了一身運動服打扮的陳妍熙。她為了力拚升遷，特意搬到距離公司步行只要五分鐘的公寓社區，每天還會先回家為準考生女兒備好晚餐，再重回公司加班，這些都是眾所周知的事情。陳妍熙的加班有著某種鑽牛角尖的特質，她趁著漢永剛放下飲料，就用自己最近一直都在關注他的事情來開啟話題。

「你在Vlog裡推薦的那款香水，我看價格滿高的欸，看來公司給你的薪水很優渥喔！」

漢永為了控制自己的表情，嘴角用力，勉強擠出了微笑。陳妍熙盯著漢永看了片刻，決定馬上切入正題。她提到公司上半年的定量與定性考核結果顯示，黃恩彩和柳漢永在定量考核方面都拿到了S級，但是在定性考核中，黃恩彩的工作處理方式明顯較為獨斷。尤其公司收到一些意見表示，透過公開招聘進來的新人都得不到明確的工作分配，再加上既有員工之間的關係過於緊密，新人實在難以融入團隊。陳妍熙看著漢永的眼睛問：

「你對於這樣的結果，有什麼想法？」

「這個嘛……小組成員們的想法，我也不方便說什麼……」

「柳代理，你老實說說看，黃組長到底怎麼樣？」

漢永苦思許久，回答：

「如果是以身為中間實務工作者的我來看……她是一位非常優秀的組長。」

漢永小心翼翼地繼續說，畢竟她有豐富的實務工作經驗，所以在影音內容企劃方面的能力非常優秀，才會導致新人覺得被分配到的工作較少；除此之外，也有可能是因為黃組長經常體恤團隊成員，所以親自著手處理事情的情況也較多，才會出現這樣的意見……

陳妍熙用一種彷彿想要看穿漢永的表情，目不轉睛地盯著他看，然後問道：

「柳代理，你母親懷你的時候，做了什麼胎夢？」

「胎夢？聽說是夢到桃子。她跟著彩虹走，走到盡頭的時候看見那裡掛著一串又一串的桃子。」

「真是神奇，這完全是懷女兒的胎夢啊！算了，我懷我們家老大的時候也是夢到龍，大家都說會是個男孩，結果還不是生女兒。她現在因為說要考什麼鬼大學的，根本爬到父母頭上來，整天只會出一張嘴對我們使喚東使喚西，看著她那個樣子真是讓人好氣又好笑。」

「我有聽說您的小孩很會讀書。」

「她就是堅持非要考醫學院不可，所以我才會這麼辛苦啊。不過想想也是，假如只是讀一般科系，將來進公司上班也只是等著任人宰割，也沒什麼人值得信賴，根本活得不成人形。」

這一點也不像總是以職場生活、競爭、戰勝他人為樂的陳姸熙部長會說的話，因此，不免讓漢永感到有些訝異。

「柳代理，你應該不是完全沒有出頭的野心吧？」

「嗯？」

「我看你願意在公司YouTube節目上公開露臉就知道了。再說，和你同年的朋友一個接著一個都當上了組長，你會有野心也是理所當然的事，對吧？」

「啊，我因為比較晚起步，其實現在能負責這些工作，我已經很滿足了。」

「可是黃組長的想法似乎不是這樣呢！」

「嗯？您的意思是……？」

「你打算當人家的綠葉到什麼時候？找到機會就要趕快往上衝了啊！人生，其實都要自謀出路，你知道的吧？」

回家的路上，漢永心裡老是有個說不上來的疙瘩。難道是恩彩背地裡對陳妍熙說了些什麼？平時公司裡發生任何事情，他都會聯絡恩彩，結果這種時候反而無處傾訴。雖然他也有想過是不是可以聯絡「前辦公室老公」——燦浩，但是想也知道燦浩一定會說恩彩的壞話，所以選擇作罷，畢竟他並沒有想要說恩彩的壞話。總之，漢永覺得自己似乎落入了陳妍熙的圈套，感覺很差，不由自主地撫摸後腦勺。

快要到家之前，漢永撥了一通電話給母親，告訴她自己一直聯絡不到麗娜阿姨，問她阿姨該不會是發生了什麼事、知不知道阿姨的消息，結果母親斬釘截鐵地回答，麗娜阿姨一切安好，叫漢永不要擔心。然而，漢永捕捉到母親說話的語調裡有著不尋常的味道，他繼續追問，最終，母親嘆了一口氣，吐出實情，麗娜阿姨目前住院中，所以不方便聯絡。

「是因為……疫情的關係嗎？」

「不是，是因為癌症，乳癌。」

原來是在去年定期實施的國家健康檢查中，麗娜阿姨發現自己罹患了癌症，於是立刻接受手術。漢永的外公外婆都是因癌症而離世，漢永的母親也在十幾年前治療過早期的子宮頸癌，所以癌症已經不是新鮮事。麗娜阿姨的第一次手術很成功，所以才剛放完假就重返學校繼續工作，然而，病過一次的身體再也沒有康復過。

精密檢查結果顯示，原以為已經清理完的癌細胞竟轉移至淋巴結，儘管做了好幾次化療，都沒有好轉的跡象，所以上週歷經了一場長達十四小時的大手術，目前仍未恢復意識。

漢永感覺到下唇在不自覺顫抖，難怪老是會想起麗娜阿姨的身影，難怪最近格外地想念她。

「為什麼……到底為什麼沒告訴我？」

「貴春她就叫我絕對不能告訴你，我還能怎麼辦？她說你要是知道會很難過，所以死活都不同意我們說……」

漢永的母親再也說不下去，開始啜泣。畢竟這最小的妹妹就和她親手拉拔大的小孩沒兩樣，甚至長大成人後也同住多年，所以她很難承受妹妹正處於生死邊緣的事實。漢永表示要立刻前往醫院探視阿姨，但是母親告訴他，現在因為正值疫情期間，重症患者的家屬探視被嚴格限制，就連她都沒能好好見上手術後的妹妹一面。

「再等等吧，等著等著就能見到貴春了，她很快就會沒事的。」

母親試圖安撫漢永，然而，她的聲音裡卻沒有一絲把握。

通話結束後，漢永還是感到不可置信。

竟然很有可能再也見不到麗娜阿姨了，他從來沒想像過失去麗娜阿姨的人生會是什麼模樣。

◇ ◇ ◇

尹娜英和黃恩彩被人事單位叫了過去，漢永根本無法專心投入工作。獨自回到辦公室的恩彩，臉色明顯不太好。

六個月停職處分，之後再重新評估。

說好聽是停職，其實和解僱沒兩樣。按照娜娜的性格，她絕對不可能六個月不領一毛薪水、乖乖上完大學再回來。在這樣多間競爭公司爭相進軍線上平臺事業的節骨眼，對於影像實務工作者的需求一直都存在，娜娜絕對會毫不留戀地離開這間公司。萊恩嘆了一口氣，說道：

「我看娜娜好像已經在準備跳槽了，接下來，我們的工作要如何分配？光是這個月要完成的專案就有兩個……」

漢永表示不必現在就擔心這些問題，一次先思考一件事情就好。接著，他叫大家先去吃午餐。組員們不同於平日午休時的習慣，這天反而都沒離開辦公室，自行聚在一起聊了起來，主要是聊娜娜離職後的對策，諸如是不是應該重新招募一位有經驗的員工、接下來的影片剪輯可以由誰來代打上陣等等。

漢永搭乘電梯前往十一樓。社內圖書館旁的休息室鋪放著數十顆懶骨頭沙發，被員工們當成睡眠空間，漢永每當需要安靜思考時也會來這個空間暫時逃避。漢永面對牆壁躺在一顆懶骨頭上，他覺得頭痛欲裂，打算像個蝦子般縮著身體好好睡一覺。這時，他感覺到有一個人影搖搖晃晃地靠近牆面，原來是恩彩拖著一顆懶骨頭走了過來，放在漢永的旁邊並排而躺。漢永看著恩彩問道：

「累嗎？」

恩彩臉色蒼白，眼色黯沉，她注視著天花板回答：

「我覺得人生最糟糕的事情全部都集中在最近發生。」

漢永邀請恩彩一起去吃午餐，可是恩彩閉上眼睛，搖了搖頭。

「也是，妳現在怎麼可能還吃得下飯。娜娜人呢？她去哪裡了？」

恩彩嘆了一口氣，說娜娜已經走出公司，但她實在不好意思衝上去挽留她。漢永不曉得自己還能說什麼，只好說自己也會盡量幫忙接下來的影片剪輯工作。恩彩再次閉上了眼睛，然後像在自言自語地說道：

「娜娜應該很快就會去其他公司上班了吧，去那種不需要提供畢業證書的公司。」

「應該吧。」

「漢斯……，我懷孕了。」

「什麼？」

面對恩彩突如其來的宣布，漢永十分震驚，因為他聽恩彩說過，她和男朋友分分合合數次，兩人的關係並不穩定。漢永不知該展現何種反應，只好瞪大眼睛盯著恩彩的臉。

恩彩繼續閉著眼睛說道，自己現在光是喝水都會乾嘔，已經連續兩天只吃兩三顆水蜜桃，其他食物都嚥不下去。半個月下來，她已經瘦了超過四公斤，原以為只是壓力型胃痙攣，沒想到竟然是孕吐。她說她實在不曉得，怎麼會偏偏發生在整段戀愛期當中最迫切想分手的時間點，而且還是在工作最忙得不可開交的節骨眼。她的聲音沙啞又疲憊。漢永想起前幾天陳妍熙部長向他提到關於胎夢的事情，內心突然泛起了漣漪，難道陳妍熙知道些什麼所以才說那些話？還是純粹巧合？現在究竟是什麼情形？漢永小心翼翼地詢問恩彩：

「彩彩，妳懷孕的事情，有其他人知道嗎？」

「沒有啊，除了你以外沒有人知道。連我男朋友都還不知道呢，怎麼可能對其他人說。」

這時應該要給她一些回應，所以漢永打算挑一句安慰的話來說，只是最後仍作罷，因為他覺得任何話都無法給予恩彩真正的安慰。兩人之間維持了一段靜默，率先打破沉默的人是恩彩。

「你知道陳妍熙部長和金武陣常務董事兩人，本來在新人時期的感情很要好嗎？」

「蛤，怎麼可能？現在兩人連正眼都不瞧彼此一眼啊。」

「真的啊，陳妍熙親口對我說的，兩人在升上部長以前一直都是同一組，在同期加入公司的人當中也是感情最要好的，甚至還被公司其他人猜測兩人該不會有一天真的日久生情。」

「好難想像。難道是因為升遷競爭才變成現在這個樣子？」

「應該有很多理由吧。我聽她說就是每天日復一日地活著，然後在這裡生存下來，不知不覺就變成了現在這樣。唉，職場生活還真是誰也說不準。」

「是啊，真的是誰都不曉得。」

恩彩扶著額頭，用自言自語的口吻說：

「就只是一直拚命認真工作，結果卻變成了這樣。我不想做壞事，但是不管怎麼選擇，好像都只會變得更糟。」

她的話雖說得淡定，內容卻非常嚇人。看在漢永的眼裡，恩彩已經身心俱疲，人生沉重到無以復加的地步，彷彿隨時都會陷入沙發，往更深處繼續下沉。

◇
◇
◇

漢永整晚沒睡，比平時稍晚上班，登入公司內部聊天軟體時，發現燦浩傳了訊息給他。

—漢永，我聽說你升組長了，恭喜啊！

—什麼鬼？我什麼時候當上組長了？

—啊？沒有嗎？

燦浩把消息轉達給漢永，說黃恩彩因為承受不住陳妍熙部長的過度指導以及人事糾紛，所以跑去找金武陣常務董事，要求讓數位行銷組可以徹底從部門內拉出來，變成獨立單位。因此，從秋天起，數位行銷組就會從行銷二部分家，變成獨立的部門，但是因為陳妍熙嚥不下這口氣，所以預計會以柳漢永為中心，重新成立一個小組，而這項傳聞早已在公司內部徹底傳開。

—什麼啦，根本沒這回事。你也知道當初可是陳部長把黃恩彩挖來這間公司的。黃恩彩其實也滿聽陳部長的話，而且這麼重要的消息怎麼可能只有我不知道。

—我聽說就是因為這件事情，你和黃恩彩已經徹底決裂了，不是嗎？

—才沒有，我們好得很，昨天還一起聊了很久。

—是嗎？那真是怪了……

結束對話後，漢永轉頭望向恩彩的座位。恩彩一如往常帶著情緒平穩的表情注視電腦螢幕。不過，被燦浩這麼一說，組員之間的氣氛似乎真的變得有些冷清。漢永逐一觀察組員們的表情，最後用雙手搓了搓臉。

◇ ◇ ◇

直到夏末，疫情依舊不見好轉。漢永結束外部拍攝後回到公司，在一樓用員工識別證感應進出打卡系統，然後等待電梯，結果看見一群人從電梯裡走了出來，臉色慘白的恩彩也夾在其中。恩彩向漢永喊道：

「漢斯，趕快出來吧！我們那層樓出現了密切接觸者，公司叫我們趕快下班回家。」

原來是策略企劃組的朴代理妻子確診了，而朴代理本人也在等待檢驗結果報告。不巧的是，就在上週他因為相關業務而與數位行銷組一同開過會，所以公司緊急下令，包括當天選擇居家辦公的組員也是，全部開始進行居家隔離。由於無法使用大眾交通工具，所以漢永答應載沒有車的恩彩回家。恩彩看著漢永的愛車前保險桿撞出一個凹痕，露出一臉惋惜：

「怎麼會撞成這樣？這不是你嗜之如命的寶貝愛車嗎？」

漢永隨口敷衍，總之車子就是變成了這樣。恩彩一坐上副駕駛座，就迫不及待地聊起策略企劃組的朴代理。據說一開始的傳聞指出，他竟然在這敏感時機帶著全家人去蠶室[25]那邊的遊樂園玩，結果就確診了，但是後來證實，他們家就住在遊樂園附近，才得以擺脫汙名。

「我的天，你不覺得這簡直就是一場瘋狂的鬧劇嗎？」

漢永沒有回答，只是專心地握著方向盤。兩人之間陷入一陣沉默。然後，恩彩罕見地用小心翼翼的口吻說：

「漢斯，其實我前幾天和陳妍熙一起去看了電影，還吃了飯。」

漢永突然感覺到體溫驟降。前幾天，究竟是哪一天？是在自己和陳妍熙喝咖啡前？還是喝咖啡後？當時陳妍熙說的那句「黃組長的想法」，究竟是指什麼？況且，兩個人不只吃飯，甚至還一起看了電影？恩彩為什麼一直都沒說這件事？不過想想也是，漢永自己也沒向恩彩提起和陳妍熙喝咖啡的事情。漢永努力壓抑著扭曲紊亂的心，刻意表現得若無其事，盡可能語帶輕鬆地詢問：

「妳們兩個居然會一起吃飯看電影，也太好笑了吧。究竟是看了什麼電影？」

25 編注：蠶室位於首爾的東南方，樂天集團在這裡興建了大型樂天百貨、樂天塔、樂天樂園。

「是一部德國電影，講述東德的祕密警察暗中監聽一群演員，最後卻破局的故事。我看到打瞌睡，但陳妍熙看得非常認真投入，最後甚至還哭了。」

「太扯了吧，陳妍熙會哭？難道是因為德文系畢業嗎？」

「不知道，她甚至還親自訂票，看完電影後說要請我吃飯，結果吃飯時對我說了超多故事。」

「什麼故事？」

「她剛進這間公司，還是菜鳥時的故事。」

陳妍熙是在我們公司還叫做「E通信商社」時入職的，聽說當時是公司創社以來第一次導入「公開招聘大學畢業生」制度，一口氣就錄取了三百多名新人，其中，女性員工只有八位。第一天上班，包括陳妍熙在內的八名女性新進員工都收到了一套制服——帶有藍色蝴蝶結的襯衫、背心、短裙。然而，陳妍熙向人事單位提出抗議：

「請問為什麼只有女生需要穿制服？」

負責人一臉困惑，回答：

「銀行或航空公司的女性職員不也都穿著制服？」

「那是因為她們的工作需要站在第一線面對客人吧，但我們是和其他男性一樣、通過相同考試進來的行政人員。」

「其實我們公司除了經理職以外，從來沒僱用過女性行政人員……男性同仁可以穿一套西裝來上班就好，但女性同仁的服裝如果太自由奔放，很容易影響公司紀律。而且站在新進人員的立場，可能也會有治裝費的苦惱……。總之，這都是為了各位好，公司為了讓各位可以更舒服自在地工作，所以才會這樣安排。」

「這種體貼就不必了，我們也會和男性同仁穿同樣的衣服、做同樣的工作。」

八名女性新進員工齊心協力反對公司這項政策，據說當時站在她們那邊幫忙推動女性員工服裝穿著自由化的人，正是金武陣。自此之後，陳妍熙就用當時最高檔的毛料訂製了一套西裝，每天穿來上班。她就是抱持著如果沒有標準那就自行創造標準的心態，以自己就是標準的信念，橫衝直撞、無所畏懼地一路走到了今天。

漢永聽完這段足以在歷史留名的故事，驚訝得張大了嘴巴。

「這比電影還要像電影呢。」

「對吧？我還以為是出現在近代史書籍裡的故事呢。而且那個老謀深算的金武陣竟然會是這種人，也讓人覺得意外。總覺得陳妍熙這一路走來應該也吃了不少苦。」

「所以她除了說這些故事以外，都沒提到別的事嗎？比如關於我們團隊。」

「就只是聊一些……日常的東西吧，大致上的職場生活，比方說，問我和後輩們一起工作得怎麼樣啦、他們聽話嗎、和你處得好不好啊……。不過現在想想，她的確有仔細追問我一些私生活的問題。」

「什麼私生活？」

「問我有沒有男朋友啊，是不是和家人同住之類的問題，根本就是在對我做身家調查。還說根據她自己長期觀察下來，只要沒有家人需要照顧、沒有小孩的人，工作能力更好。她說在她那個年代，無論多麼努力，公司都只會讓膝下有子的人升遷，所以像我們這種畢業於女子大學的人，凡事都要比別人多付出兩倍，嗓門要比別人大兩倍、體型也要比別人大兩倍，這樣才有辦法生存，諸如此類的叨念，其實都是我進來這間公司後就聽到耳朵快長繭的內容……」

說到這裡，恩彩閉上了嘴巴。果真只有這些嗎？從恩彩和陳姸熙見面，到她現在說出這些話，這幾天的時間差以及這段時間瀰漫在兩人之間的微妙距離感，都使漢永的心情變得更為複雜。從她用「像我們這種畢業於女子大學的人」這句話就能感受到，恩彩與陳姸熙之間其實有著某種同志意識。恩彩補充道，當初找工作時，其實在履歷篩選階段被刷掉過好幾次，但她不確定是不是因為自己是女子大學出身所致，畢竟那些畢業於一般大學的女生情況也沒有好到哪裡去。漢永也對此抱持著類似的看法，自從公司導入開放僱用制度[26]後，就明顯感受到公司內部氛圍有了變化，漢永甚至不清楚團隊成員畢業於哪一間大學、專攻什麼科系。

「她那年代和我們這年代又不一樣了。」

「我聽說當時的普遍狀況是只要女生結婚就理所當然要離職，所以可能畢業於女子大學也不是什麼加分項目。你看現在公司裡的核心幹部沒有一個是女生，部長級的女性也只有陳妍熙一個。」

漢永反覆咀嚼恩彩說的這些話，思考著關於陳妍熙的人生——畢業於女子大學、生了小孩、在公司裡生存至今，卻在升官的道路上遭遇挫折。除此之外，漢永也思考金武陣與陳妍熙的差異，以及公司裡最近盛傳的關於自己和恩彩的傳聞。漢永思緒紊亂，腦中上演了各種想法，最後向恩彩問道：

「妳還會覺得噁心想吐嗎？」

「差不多吧。有吃藥就會好一些，沒吃就會很嚴重，反反覆覆的。」

26 譯注：指通過第一階段履歷篩選的求職者，在進行第二關面試時，面試官不看履歷、背景，純粹以面試時的應對回答進行評估考核。

「男朋友最近如何？」

「不太好。」

交通號誌轉成了紅燈，漢永踩了煞車，轉頭望向恩彩。從旁邊角度看到的恩彩顯得有些陌生，冷靜沉著卻犀利的眼神、固執緊閉的雙唇，看起來又比較像陳妍熙而非麗娜阿姨。恩彩問漢永：「看什麼看得那麼認真？」漢永只回答：「沒事。」於是恩彩露出了一如往常的笑容，是漢永熟悉的表情。

漢永突然意識到，說不定陳妍熙和麗娜阿姨就讀大學的時間相距不遠，她們經歷的人生究竟是什麼樣子呢？她們又有哪些相似之處與不同之處呢？與此同時，漢永又嘗試想像，十多年後的恩彩會變成什麼樣子？會比較像陳妍熙還是麗娜阿姨？唯一可以確定的是，她應該不會完全像其中一人。

◇ ◇ ◇

漢永那天傍晚提早回家，洗完澡後將哲宇的衣物放到了客廳。他傳了一封訊息給哲宇，告訴對方接下來會進行隔離，請他不要進入主臥室。漢永穿著睡衣，正在看電視，卻接到和他同期入職、在人事單位的B打來的電話，表示策略企劃組的朴代理最終證實確診，並決定要請數位行銷組的所有組員都去光化門B醫院接受篩檢，那間醫院是由公司公益團體所經營的。都已經是這種情況了，竟然還要大家大老遠跑去光化門接受篩檢，而不是去附近的保健所就好，這究竟是大企業獨有的「我們集團」式炫耀，還是屬於對員工的高度監視？總之不管怎樣，漢永都覺得有點太過分了。漢永向B表示B醫院實在太遠，詢問對方能否在附近社區保健所做篩檢就好，B則表示公司內部的確已經有不少人反應過這個問題，但還是只能遵守公司指示。他的聲音顯得相當疲倦，漢永也不好意思再多說什麼。掛上電話後，他馬上就收到了一封簡訊。

－數位行銷組的密切接觸者，請於明日（八月十五日）下午一點至六點，前往B醫院的篩檢診療所進行PCR檢測。禁止使用大眾交通工具，建議自駕或步行前往。

從漢永家到B醫院開車大約三十分鐘，雖然適逢假日，路況可能會有些阻塞，但是只要早點出發應該就沒問題。然而，才剛這樣想，電視新聞正好播報為了紀念光復節，光化門廣場將舉行一場百萬人規模的反政府示威活動。真是倒楣到了極點，漢永邊想邊傳了一封訊息給恩彩。

－妳有看到簡訊嗎？可是我看新聞說明天光化門會有百萬人的集會活動，我看我們去做個篩檢恐怕就會被傳染了。

然而，他沒有得到恩彩的回覆。

漢永不小心睡著了，醒來時，周圍早已一片漆黑。他拿起手機查看，現在才十一點。哲宇還沒下班，手機上顯示著好幾通來自母親的未接來電。他感覺不妙，連忙回撥電話；電話那頭，母親用略帶激動的聲音說，阿姨已經脫離危險，從今天起家屬可以去探視了。雖然阿姨還不太能好好說話，但是已經睜開眼睛，也會喝水了。漢永聽到這個消息，恨不得立刻跳下床衝去醫院探視阿姨。不過，母親緊接著補充了一句，只有攜帶PCR檢測結果陰性證明的家屬才會被允許探視。

「你也快點去接受篩檢，貴春不知道還能撐多久。」

漢永這時才想到自己是密切接觸者的事實。「不知道阿姨還能撐多久」這句話聽起來無比殘忍。掛上電話後，母親傳來一張照片，病床上的阿姨已經滿臉泛黃，骨瘦如柴的身體還掛著點滴，彷彿是機器的一部分。

◇ ◇ ◇

午夜過後，母親又用手機傳了一張照片給漢永。

祭壇上擺放了一具黑色棺材，白色菊花環繞四周，正中央放著一張遺照，照片裡的人是大約三十出頭、化著濃妝的麗娜阿姨，就像她婚禮當天的模樣。放在遺照下面的神主牌寫著「故金貴春」，漢永覺得心臟急速墜落，瞬間一沉。

麗娜阿姨走了，在還不到五十歲的年紀，一輩子掛在嘴邊的退休金也沒來得及領。並且意味著，在這世界上，將她的名字記為「麗娜」的人，只剩漢永一個了。漢永緊抓胸口，痛苦不已。

……一睜開眼睛，漢永看見手錶顯示著凌晨五點。剛才的夢境過於真實，他的眼角還積著淚水，是足以感覺到揪心疼痛的可怕惡夢。聽著熟睡的哲宇傳來陣陣鼾聲，漢永輾轉反側，徹夜未眠。

◇　◇　◇

車子才剛駛出南山隧道，天空便下起傾盆大雨。漢永幾乎整夜沒睡，所以比預定的時間晚出門。原本就很容易塞車的路段，現在更是動彈不得，彷彿躺在棺材裡一樣悶。

漢永只想見麗娜阿姨，要是可以看著她的眼睛說說話，現在這種不舒服又不安的心情應該就會一掃而空。對於漢永來說，麗娜阿姨就是這樣的存在——當人生遭遇不幸時，第一個會想起的人。漢永大學新生時期和第一任男朋友分手後，也是直奔阿姨家而非自己家。阿姨面對突然登門到訪的漢永，什麼話也沒說，只是擁入懷中輕拍安撫。她抱著不發一語開始哭泣的漢永說：

「歡迎回來，永呀。」

漢永在堵得水洩不通的道路上嘆氣。他打開和阿姨的聊天紀錄，一條一條往前滑，看見自己買車那天傳給阿姨的訊息。

－阿姨，我買BMW了！

－看來你最近賺得不少喔？

－就只是拿了一些獎金，分期付款買下去了。阿姨，我們一起去楊平吧！這臺車給妳開，因為妳開得比我好。

－好啊，那你可要請我吃飯喔！

阿姨究竟為何沒有告訴漢永自己接受手術的事？

也許是想要等手術完、身體康復後，再以健康正常的樣子、一如往常年輕又有活力的樣子、「麗娜阿姨」的樣子站在漢永面前吧。漢永的眼眶開始泛淚，隨即淚如雨下，他必須見到阿姨，盡快去醫院見麗娜阿姨，愈快愈好。他覺得只要見到阿姨，阿姨的病就會奇蹟似地痊癒，像洩了氣的氣球般的身軀也會重新充滿生機，變得能正常行走、呼吸、說話、大笑，甚至領到那份夢寐以求的退休金，坐著漢永的BMW行遍全國。

聽說檢驗結果報告會依照篩檢順序出爐，漢永必須盡快前往醫院。以這塞車的情況來看，用雙腿走路更快，漢永很乾脆地將車子掉頭。他將車子停放在附近一棟大樓的地下停車場，然後從後車廂拿出了一把黑色長傘，那是他開立購屋帳戶時銀行贈送的傘。時間已經來到十二點半，雨勢變得更大了。一走到室外，運動鞋和襪子瞬間就被雨浸濕，儘管如此，他還是加快腳步。

走了將近四十分鐘，才從遠處看見醫院大樓。即便漢永選擇走距離廣場較遠的那條路繞過去，卻仍看得見許多人站在街頭，地上到處散落著傳單，那些紙張都被浸泡在泥濘汙水裡，示威者冒雨抗議當今政權，甚至連口罩都沒有戴，站在雨中阻擋道路通行。漢永穿過人群，往醫院方向走去。而在高喊口號的人群當中，一名撐著藍色雨傘、傘珠脫落的人映入漢永眼簾，身穿黑色衣服的女子——是恩彩。也不曉得是因為藍色傘反射出的光線所致，還是因為都沒吃飯的緣故，恩彩的臉顯得十分蒼白。漢永靠近恩彩，叫了她一聲：

「恩彩，妳在這裡幹嘛？」

恩彩的眼裡滿是淚水。

「漢永啊，怎麼辦？我突然發燒了。從昨天晚上開始什麼都吃不下，一直發高燒。我不知道該怎麼辦，哪裡都去不了，實在走不動了。」

漢永下意識地伸手摸恩彩的額頭，明顯可以感覺到發燙。恩彩焦慮不安地重複說著自己不知道該怎麼辦，不知道該去哪裡，哪裡都去不了，一步都走不動了。漢永默默站在恩彩身旁，輕輕摟住她的肩膀。

「我們走吧。」

只要爬上這座山坡，就會看到醫院的入口了。先在醫院、診間接受檢查，一定都會好起來的。恩彩將那把壞掉的傘扔在地上，漢永則扶著恩彩的手臂，向前邁開步伐。恩彩也跟著他走了上去。

隨著醫院愈來愈近，天空變得愈來愈黑，雨勢也更加猛烈。原本積到腳背的水已經淹到腳踝以上，彷彿逆向行走在一條湍急的瀑布中。恩彩和漢永共撐一把傘，並肩前行。他們隱約看見山坡上的燈光，繼續朝著那個方向行走。

關於信任

林哲宇

漢永的小阿姨過世了。

被醫生判定為乳癌後，她熬過了好幾次的生死關頭，雖然在最後一次手術時病情有好轉跡象，但最終還是沒有挺過去。沒能陪伴對自己視如己出、亦母亦友的小阿姨走完人生最後一哩路，漢永深感絕望。她的抗癌期恰巧與全球被疫情肆虐的時期重疊，就連漢永任職的公司也不斷傳出有人確診，害他差點去不了小阿姨的靈堂，所幸在告別式第一天[27]，剛好也放寬了社交距離限制（實際上已經解除限制）。我連一套正式的黑色西裝都沒有，只好借漢永的西裝來穿，雖然穿起來偏緊，還是和他一起匆匆趕往靈堂。

放置在入口處的大型指引螢幕上，顯示著喪禮主辦者是漢永的父親。遺照裡的小阿姨就像漢永形容的一樣，不豔麗，卻充滿朝氣活力，長相端正精緻，和漢永之前給我看過幾次臥病在床、臉色發黃的照片截然不同。

殯儀館靈堂顯得有些冷清，不過這也是理所當然的事，畢竟正值疫情期間，無論是婚禮還是葬禮等活動，都變成以家人為主，簡化了各種繁瑣儀式。漢永也是斟酌再三，最後只將訃聞發送給幾名關係最親近的人，朋友和平時關係不錯的同事幾乎都沒來參加，只有漢永任職的部門長官在午夜時分短暫到場，遞交幾包白包便匆匆離去。

也許是歷經了漫長抗癌生活而早已預見了離別，葬禮中，漢永母親那邊的家人情緒顯得相對平穩，只有漢永好像失去了情感的平衡，一下子和表兄弟姊妹們開玩笑，笑得十分誇張，一下子又痛哭流涕。那是我第一次見到他哭成那樣。我默默坐在他身旁，輕輕地撫摸著他的膝蓋，然而，每當我這麼做時，總能感受到他的親戚們投射來的尖銳眼光。早知道就把鬍子剃乾淨再來了，而且漢永這套偏緊的黑色西裝老是讓我有一種被掐住脖子的感覺。儘管漢永是以「室友大哥」的名義將我介紹給他的父母認識，但畢竟一般認識的大哥並不會一直同住在一個屋簷下，所以漢永的家人會怎麼想我，不得而知。綜合來看，我在他們心中應該不會留下多正面的印象。

我一直撐著，直到再也撐不下去、實在難以忍受這種不舒服的感覺，才穿上公用拖鞋，走到了走廊上。我無處可去，只能走向擺放在走廊中央的長椅。長椅上貼著一張影印紙，上面寫著「請保持社交距離，勿占用座椅」，我卻明目張膽地一屁股坐在那張紙上。

擺放在靈堂前的弔唁花圈多到滿出來，甚至還擺到隔壁的靈堂去。每個花圈上的緞帶都寫著不同團體或單位的名稱，包括「六二五參戰勇士協會」、「全國教職員勞工工會」、「A女子大學校友會」、「英語教育學會」、「教職員登山聯合會」，以及她曾經任職過的學校和（實在令人摸不著頭緒的）「土耳其國立舞蹈協會」。這樣看來，她的一生似乎過得還算不錯。

27 編注：韓國的習俗是從過世當天起算的三天或七天內辦完告別式，所以會有告別式第一天的說法。

花圈上插滿的白色菊花，不禁讓人思索，那些花都是從哪裡來，又將往何處去？殯儀館的工作人員會將那些枯萎的花圈一個個丟掉嗎？還是被拿去回收再利用？就在天馬行空胡思亂想之際，突然湧現一股奇怪的既視感，總覺得自己曾經思考過類似的問題。

沒錯。

這並不是我第一次參加這種令人感到不適的葬禮。我和漢永初次相遇的地點，就是在殯儀館。

◇ ◇ ◇

八年前，我也曾以相同的姿勢坐在殯儀館的走廊上，望著弔唁花圈。

當時正在和一名叫做Y的男子交往中。他比我小七歲，但是性格卻比年齡成熟，最吸引我的是他那彷彿充滿故事、漆黑的黑眼珠。

出生於上海的Y，母親是韓國人，父親是中國人。自從小學時父親過世之後，他就一直在國際學校讀書，據說裡面的韓國人比中國人還要多，所以大部分時間都使用韓文，但偶爾還是會像外國人一樣講得不是很流利。他在北京就讀大學，為了體驗「母親故鄉的生活」而來到韓國。光聽這些經歷，會覺得他是一個見多識廣、學識豐富的人，但是仔細觀察後會發現好像少了一顆螺絲。

比方說，關於他家人的故事。小時候，他的母親在上海市區開了一間韓式肌膚管理中心，生意好到最後直接將店面所在的那棟大樓買了下來，然而，就在Y來韓國之際，他的姊姊誘騙母親，私吞了那棟大樓；而Y在韓國被詐騙租金，無處可住，只能住在考試院的出租宿舍裡。和他交往三個月後，我聽聞這些故事，當時沒有多想就隨口說了一句：

「反正我家有兩間房，在你經濟情況好轉前，都可以先來住。」

就這樣，Y和我開始了同居生活。他會勤奮地幫忙清洗我隨手亂扔的衣服（雖然總是把衣服曬得很密集，導致衣服發臭），也會很認真洗碗（雖然會把廚房地板弄得到處都是水，也從來不打算擦乾淨），漸漸地，我愈來愈習慣Y的存在。

然而，三個月過去了，Y絲毫沒有要離開我家的意思，甚至打算徹底賴著不走的樣子。我暗示過他幾次，問他當初被騙的訂金是不是真的要不回來了？能否向姊姊拜託一下借點錢出來？打算什麼時候一個人住？然而，他並不是一個懂得察覺暗示的人。

不知不覺間，我內心的不滿悄然而生，不管是行蹤交代不清、動不動就辭掉打工，還是經常裝傻不付他該出的月租費與水電費等，都令人感到厭煩，但最讓人難以忍受的是他的Instagram帳號。他的照片總是過分修圖，導致身體比例變形，對畢業於攝影科系的我來說，每次看到都覺得難受。他那本來就光滑無瑕的肌膚，修圖後更是白得像朝鮮白瓷，在一股衝動之下，我乾脆按了取消追蹤，Y有三萬多名粉絲，自然不會察覺到我退他追蹤。當戀愛蜜月期結束、分手逐漸靠近的某一天，Y帶我去了一間位於鐘路的銀樓。

「這是我們交往滿兩百天紀念日的禮物。」

他表示自己把打工錢全部存下來，訂製了這對情侶戒指。他為我戴上那枚恰巧符合我指圍的戒指時，看著那沒有任何花紋的素雅戒指，我的內心百感交集。國中時慶祝那次不算的話，那是我第一次慶祝交往滿兩百天。

但是過沒多久，Y突然消失了，只帶走幾套常穿的衣服和內褲、每天配戴的運動手錶和一雙運動鞋、後背包，其他物品都留在家中，手機則是關機狀態。我以為他只是獨自出門散心兩三天，也順便反省了一下自己，該不會無意間說了什麼話惹得他不開心了。

然而，眼看一週過去了，依舊音訊全無，手機也一直關機，我開始猜測，說不定他是回去中國了，把手機換成了中國的電信卡，才導致無法聯絡。可是為什麼要回去呢？我重新追蹤了他的Instagram帳號，並沒有看見任何更新。直到半個月後，我才真正意識到好像不太對勁，Y像煙霧一樣人間蒸發了。

當我意識到事態的嚴重性以後，開始四處打聽Y的下落。朋友們聽說後，口徑一致地對我說：「當初就跟你說過這人很奇怪了吧？一定是覺得從你這裡能撈的好處都撈走了，遇到新宿主就移情別戀了。」叫我趕快忘掉他。儘管理性上用大腦思考能理解，但因為相信Y與我之間有著一層其他人不明白的情感，所以感到忿忿不平。後來，我養成了吃完午餐打電話給Y的習慣，就這樣過了一個多月後的某天，他的電話奇蹟似地被接通了。

但是電話另一頭傳出的聲音不是Y，而是一名陌生女子。

「請問是Y的手機嗎？」

「是。」

「方便請他聽電話嗎？」

「有點困難。」

「是……？」

「因為他死了。」

冷淡的說話聲原來是Y的姊姊。她表示已經接到Y的遺體，正送往仁川的一家醫院。我得知消息以後，立刻趕往醫院。

醫院附設的殯儀館空無一人，神主牌放在擺滿菊花的靈堂前，上面寫著Y的名字，但是連張遺照都沒有，一切看起來像是謊言。我敲了敲緊閉的家屬休息室門，Y的姊姊從裡面走了出來。她的長相極其平凡，就算見過兩次也未必會記得，唯有下巴和那種無力的姿態像極了Y，怎麼看都不像是獨占了上海市中心大樓、過著奢侈豪華生活的人。她將Y的手機遞給我，說是從軍營訓練所帶回來的，之前一直被放在那裡保管，問我是否知道解鎖密碼。隨後，她又補充，父母其實希望告別式盡量簡單進行，只要家人們聚在一起即可，但她認為還是要傳簡訊通知弟弟的熟人。聽完這些話，我心中滿是納悶，軍營？Y不是中國籍的嗎？坐在家人休息室裡一臉茫然若失的中年夫婦，滿臉倦容，他們真的是Y的父母？他之前說的「已故」父親又是從哪裡冒出來的？難道這對夫婦是他的養父母？可是那雙眼角下垂的眼睛和唇形，實在都太像Y了。

經過幾次嘗試後，他的手機密碼終於成功解鎖了（原來密碼是我的生日）。翻看他的聯絡人，幾乎沒有正常的名字，富川九〇、上岩八六、慰禮九三、蘆原八〇等名稱，推測應該是一些沒有深交、只是一夜情的人，也或許是在和我交往期間仍舊保持關係的人。所幸這些人加起來不超過五十人。我只要一想到這些人可能是Y這一生所接觸過的全部世界，胸口就一陣悶。經過一番猶豫，決定直接發簡訊給所有儲存在聯絡人名單內的人，並在Y的Instagram上發布了訃聞。

他本人的喪事。

Y的姊姊像是看穿了什麼似的，對我上下打量了一番，然後問我和Y是什麼關係。我斟酌再三，最後回答，就只是一起同住了將近半年的兄弟而已。我們之間陷入了一段沉默，最終耐不住沉默的我，詢問對方是否剛從上海回來，卻沒有得到任何回答。原本臉上露出一絲困惑表情的她，最後似乎是感到無奈，揚起一邊的嘴角，勉強苦笑著說：

「我們一家人，一輩子都住在新興洞這裡。」

她看我滿臉錯愕，於是斬釘截鐵地用一句話概括了Y的一生。

「一切都是謊言。」

她說Y的那些大大小小謊言，是進入青春期後就有的一種疾病。從她口中得知的Y的人生，與我所知的截然不同。Y在仁川出生長大，曾短暫就讀過位於水原的一間技職大學休閒遊憩與運動管理系，結果只讀了一學期就退學了，後來他離家出走，與家人斷絕往來已經好幾年。她說弟弟應該是收到入伍通知後，匆匆忙忙加入部隊，最後不幸在訓練所裡身亡。然而，在她說這些話時，表情顯得非常疲倦，反而不是悲傷。我本想追問現在待在家屬休息室的那位是不是繼父，問她是否真的如Y所說，獨占了母親經營的公司和整棟大樓，但最終選擇作罷，覺得根本沒必要問，一切都不過是謊言罷了。後來，Y的遺照終於擺放到靈堂上，我看著他那顯然是高中畢業照的臉龐，不禁心想：怎麼不乾脆當個小說家。

過了約莫兩小時左右，陸陸續續開始有弔唁者到來。我因為不是家屬，也不是他的誰，只好一個人尷尬地坐在可以清楚看到Y遺照的入口位子餐桌前，啃著咖啡花生和魷魚絲配啤酒。我手裡拿著Y的手機，收到了一封來自上岩八六的訊息。

－願逝者安息。我現在準備前往弔唁，請問是S醫院的盆唐中心，還是仁川中心？

—仁川中心。

我後知後覺，發現之前急忙發送的訃聞簡訊裡，連地址都沒有寫清楚。我本想重新再補發一封簡訊通知確切地址，最後想想還是算了，反正願意來的人好像都已經自己想辦法來參加了。

不久後，一名身穿卡其色軍裝外套的男子出現在靈堂，似乎是剛下班就連忙趕了過來，揹著後背包、腳穿運動鞋。可能是上岩八六的這名男子，我總覺得有點面熟，略顯畏縮膽怯、彎腰駝背的姿態，搭配白皙的臉，那是我熟知的面孔。當我發現他迎面而來，立刻把頭撇開，轉向牆壁，趁他獻花、跪拜之際，連忙躲進了廁所，我不想見到任何認識的人，尤其是與工作有關的人。我坐在馬桶上好一會兒，默默地凝視著眼前的門片發呆。

「離開的路途美麗，才是真正美麗之人。」

門上寫著一句宛如碑文的格言。我心想，不過是提醒使用廁所的人要記得沖水，何必寫得如此文謅謅。

不知過了多久，我為了讓離開的路途美麗而沖水，然後小心翼翼地打開了廁所門。走回靈堂前，所幸已經不見上岩八六的身影，只剩下看似是Y親戚的弔唁者一群一群地坐在那裡，而我原先坐著的位子，已經被幾個陌生人占據。不得已，我只好坐在走廊的椅子上，過一會兒才又重回靈堂，這次是一名臉部曬得黝黑的男子正在跪拜。轉過身的他，滿眼通紅，當他走向我這裡時，Y的姊姊急忙走來對著我和他說：

「抱歉，弔唁完能否請兩位先離開？教會的人馬上就要抵達了，他們會舉行禮拜。」

正當我心想「教會的人要來，為什麼要我離開？」時，瞬間明白了她的意思。我和同樣面帶驚愕表情的男子一起被推出了靈堂，看著他彷彿下一秒就會眼淚潰堤的臉，竟不由得脫口而出：

「要一起喝杯咖啡嗎？」

於是，我們坐在醫院本館一樓的咖啡廳，他點了一杯冰咖啡，而喉嚨有點刺痛的我，點了一杯熱的柚子茶。他不停抽泣，直到情緒稍微平復，才開口問我：

「你和Y是什麼關係？」

我稍作思考，用最直接、最能展現我們關係的單字回答他：

「戀人，同居了將近半年。」

男子那雙原本就偏大的眼睛變得更大了。我總覺得這反應有些熟悉，於是反問他同樣的問題：

「也是……戀人？」

原來他同樣和Y交往中，即使短暫去澳洲打工度假，兩人仍維持著情侶關係，Y甚至還特地去雪梨找過他，住在他的住處幾天，強調兩人絕對是深愛彼此的關係。

我想起Y生前有時會說他需要去上海幾天，所以離家七天、十天的，原來當時的他，好幾次都是拖著我幫他打包的行李、坐著我的車去仁川機場，若無其事的與我揮手道別，然後搭上前往雪梨的飛機去見他，而不是前往上海。

儘管是在拼湊這些真相的期間，男子也一直淚流不止。假如眼淚是情感的證據，那我可以確定，他絕對比我更喜歡Y。我只要一想到，自己在他和Y之間是「其他男人」，就會不自覺地無奈傻笑。我遞了一張面紙給不停哭泣的男子，然後喝著自己的柚子茶。這杯茶放了太多市售的柚子醬，過於甜膩，也依舊燙口，不知為何，愈喝愈覺得自己委屈，這才終於忍不住眼淚潰堤。我放聲大哭，直到這時我才終於明白，原來自己比想像中還要喜歡Y，甚至以為會和他走到永遠，暗自刻劃著和他安穩的將來——腦海裡浮現了整天坐在電腦前的Y的背影，以及剛洗完的碗盤上還留著辣椒粉的畫面。從來不思考未來的我、只活在當下的我，竟然奢望了「永遠」。我對於這樣的自己感到可笑又荒謬，所以忍不住苦笑，這次換對方遞了一張餐巾紙給一下子哭又一下子笑的我，並問道：

「不好意思，請問您的姓名？」

「我叫林哲宇。」

「我是柳漢永。」

他比我小五歲，我們簡單介紹完自己之後，眼眶再次泛淚，最後以二重奏的方式嚎啕大哭了起來。

我始終不曉得，那天我們哭泣的原因，究竟是因為Y的背叛所帶來的傷痛，還是因為他的死訊所帶來的衝擊；我也始終不能確定，那天我們擁抱的，究竟是彼此的身體，還是因背叛感而憤怒失落的心。只不過，那天我做出了一個決定，不再輕易期許未來。從今以後，不再相信任何人。

不幸的是，下定決心之後，從此我再也無法攝影了。

當時，我已經幾乎實現了身為攝影師的所有夢想，自從在漢南洞開設攝影工作室以來，三年間從未休息過一天，有三、四本雜誌是指定要與我合作的，我的作品集裡也充斥著一線模特兒和知名演員，甚至還有訪韓的好萊塢明星。與韓國的美妝品牌及海外的時尚公司也保持著穩定的合作關係，拍攝收費更是高到在業界數一數二。當法國精品珠寶品牌向我提出合作邀約時，我感覺自己的人生彷彿翻了新頁。那次拍攝的是一條五十克拉鑽石項鍊的全球廣告，拍攝現場還配置了五名保安戒護。我攜帶了所有能夠帶到現場使用的燈光、攝影器材，拍出了無與倫比的華麗照片，呈現出日常絕對看不見的光彩與精緻。而這支廣告作品在國際廣告節戶外廣告部門獲獎時，品牌的法國總部還特地寄來了一封蓋有公司老闆印章的感謝函。當時的我，深愛著我的工作、我的人生，從來沒有懷疑過那份懇切的愛。

然而，自從得知Y的背叛與過世後，我變了。我的照片、照片中的對象，看起來都像假的。崩塌過一次的信任再也無法復原，我徹底失去創作意志，下定決心揮別過去。

三個月後，我結束攝影工作，把工作室轉讓給後輩，還把剛買不久的休旅車賣掉；要是不再攝影，就沒必要開這麼大臺的車。儘管所有人都試圖阻止我做這樣的決定，但是對於當時的我來說，人生中存在的某種「真實」——這項信念——消失無蹤的事實，是無比重要的。所以我決定，放下一切離開，再也不拍照了。

我用轉讓攝影工作室所拿到的權利金，加上部分存款，在梨泰院開了一間小小的居酒屋。過去其實一直都有個小小心願，開一間能讓任何人隨意光顧的小酒館，所以想要把這份夢想好好實現。

居酒屋一開業，就有許多人來捧場。看來過去在雜誌業和時尚圈認真打拚沒有白費，相關領域的網紅紛紛在社群平臺上分享介紹，說我的居酒屋是氣氛很好的小酒館。藉由大家的口耳相傳，創下了令人羨慕的營業額。漢永和我偶爾會一起喝咖啡、發生性關係、一起抱著哭，變成了某種微妙關係，前後維持了半年左右。當我們的關係逐漸變得笑聲多過於哭聲時，某天，漢永開口向我提議交往。

「不用想得太複雜，就像現在一樣維持我們的關係，只不過變成是正式的。」

「為什麼是我？」

「因為我需要一個沒有不切實際希望或幻想的人，懂得接納此時此刻關於我的一切，而這個人就是你。」

雖然回想我們初次見面的情景，會覺得有點好笑，但我不排斥這樣的關係，因此決定與漢永交往。交往超過一百天時，我向漢永提議同居，而漢永也一口答應了這項提議。

把漢永帶來我家生活前，我將Y的遺物做了個大整理。把衣服、雜物全部丟掉後，比起惋惜或悲傷，反而有一種神清氣爽的感覺。Y送我的戒指沒能丟掉，放在床頭櫃裡的一個飾品盒內，和各種手錶、飾品一起收藏，如同毫無意義的眾多物品之一。這一切的一切，可以說是出於衝動，也可以說是順其自然的一段過程。

◇ ◇ ◇

自從小阿姨過世後，漢永對待人生的態度也有了轉變。

比別人晚踏入職場的漢永，一直都很穩定勤勞地每天進公司上班。儘管大企業的垂直式管理體系，使他能發揮所長的機會不多，但絕對是有機會的，領到的薪水也算優渥，還有完好的獎金制度，所以他總說自己已經找到最合適的公司。即便公司安排和他同年的高燦浩來當他師父、臨時轉調至公司從外部聘請來的黃恩彩團隊、無端捲入公司內部政治鬥爭等，都還是憑藉著他那股先天獨有的樂觀與從容態度，克服種種危機。從他歷經諸多波折，依然可以和高燦浩、黃恩彩維持好朋友的關係來看，儘管他年紀比我小，還是有值得敬佩之處。然而，一直苦撐著不適合自己的教職生活、引頸期盼退休後能夠過著充滿希望人生的小阿姨過世，這件事情對漢永來說似乎是一大衝擊（回想當初，自己也是因為Y的過世而改變，所以不難理解漢永的心情），他徹底變成了另一個人。

首先，他開始瘋狂添購各式各樣的物品。儘管他本來就不是個完全不愛慕虛榮的人，可是在衝動買下一輛BMW後，至少還車貸的期間還是有表現得節儉一些，結果小阿姨過世之後，他每個週末都在逛全國各地的百貨公司和Outlet賣場，雖然名義上是為了掌握時下潮流趨勢，但我和他都心知肚明，那並非真正的目的。一向喜歡睡到很晚才起床的漢永，竟然凌晨五點就起床趕去百貨公司，直到傍晚才拎著大大小小的購物袋回家——袋子裡裝的都是LV斜背包、Valentino運動鞋、知名麵包店的麵包等。他一見到一臉覺得荒謬的我就連忙解釋，儘管凌晨就去現場排隊，還是已經排到一百多號，為了買這些東西，足足排了超過五小時。

「現在精品大缺貨，聽說光是買到就直接增值一百萬韓元，等於是在賺錢呢！」

但我知道他根本沒有轉賣的打算，就連包裝盒和購物袋都叫我絕對不能丟掉，導致家裡堆滿了橘黃色、綠色、薄荷綠等五顏六色的紙袋和空盒子。

某個悠閒的星期日早晨，漢永甚至直接帶我去位於京畿道邊陲地帶的P百貨公司家具賣場，說那邊很好逛，他在停車場入口就將車鑰匙交給了工作人員，直奔賣場。我問他：「這間百貨公司是有提供代客停車的服務嗎？」於是他心虛地小聲向我坦承，是因為自己前不久成為了P百貨公司的VIP。我聽到心想：「百貨公司VIP？到底是花了多少錢……」

不僅如此，漢永還像挑戰過土耳其傳統舞蹈的小阿姨一樣，開始涉獵各種興趣。他以學習電視節目舞蹈為由，跑去弘大練習室學習韓團舞蹈，還加入室內攀岩社團，整天練習攀岩，最後還弄斷了腳趾頭大拇指的指甲。他甚至從海外網購露營裝備，結果去了兩三次之後，便以天氣變冷為由而放棄。

因為他老是往外跑，導致家裡的平衡逐漸破裂，我們本來已經協調好家事分工，那是歷經無數次爭吵後好不容易才達成的共識，打掃和煮飯由我負責，衣物與碗盤清洗則由他負責，然而，廚房水槽裡尚未清洗的碗盤愈積愈多，抽屜裡也找不到乾淨的襪子和內衣，毛巾上還出現悶臭味。我原本心想，他應該是因為小阿姨的離世而心力交瘁，所以盡量體諒他，連他負責的家事也一手包辦，但是隨著時間流逝，我愈發覺得疲憊，直到他超過半個月都不做任何家事，我實在忍無可忍，對他大發雷霆。我對他說，不管是把錢撒在空中，還是拿去百貨公司燒，都無所謂，可是拜託該做的事情還是得做，總不可能一直這樣下去。漢永向我反省道歉，表示自己太不負責，實在很對不起。

兩天後，我下班回到家，看見家裡被打掃得整潔光亮，我問他是怎麼一回事，他若無其事地回答，他上網申請了家事服務達人來幫忙清潔打掃家裡。我攤開一條摺得像飯店浴巾的毛巾，嘆了一口氣。

「漢永，這太浪費錢了，我們兩個不是就能打掃得來嗎？」

「這也是在促進就業和經濟發展嘛，在如此艱難的時期，讓他們有工作也好啊。別再嘮叨了，你儘管享受就好，錢我出。」

「不是錢的問題……」

漢永補充道，他只想過得和大家一樣，只要和大家一樣的程度就好。雖然我很想問，你所謂的大家到底是指誰，但最終我還是選擇了沉默。

漢永最後迷上的，竟然是房地產。

「哥，我們買房子吧。」

「什麼？這麼突然？」

「我們現在住的地方老舊又有好多蟲，而且和曾經那麼風光的你一點也不相配，我們也和大家一樣住住看公寓吧，把室內徹底裝潢一番。」

搬家……這可不是純粹換個住處的概念。這間屋子，乘載著我們共度的所有時光，包含每次只要開關那扇無法完美貼合的窗戶時，都會發出刺耳聲響的酒紅色窗框；兩人一起組裝的IKEA抽屜櫃；因樓上住戶的熱暖爐系統凍裂，導致留下潮濕痕跡的客廳壁紙；以及將土氣的薄荷綠色房門漆成深藍色等記憶。換言之，是要將這些充滿我們關係的一切（甚至是與Y的回憶）都放下，選擇離開的意思。要離開這個裝滿回憶的空間，我實在難以接受，所以沒有做出任何回應。原本心想，這次或許和他過去那些只維持三分鐘熱度的興趣愛好一樣，也只是隨口說說，沒想到他似乎是認真的。

自從那場前所未有的疫情開始，漢永改成居家辦公的工作模式之後，幾乎每天都在首爾市區到處閒晃，尋找有無出售的公寓。每天晚上，只要我收拾完店面回到家，他就會拿著平板電腦向我展示當天看到的新房子，包括內部照片、影片、價格、地點等，我對此感到有些疲乏且排斥，所以用開玩笑的口吻回應：

「我好像有點老花了，看不太清楚這些字。」

隔天，他竟然挑了三、四間正在拋售的房屋，把所有資訊用大大的字體打出來，還列印成紙本遞給我，叫我只要看那些用螢光筆標示出來的重點即可。我用模糊不清的視線隨意看了看文件。

過沒幾天，我已對龍山站到江南站幾乎方圓十公里內所有公寓社區瞭若指掌。漢永面帶宛如小朋友炫耀抽屜裡的玩具般的神情，問我：

「如何？你喜歡哪一間？」

「都不錯啊。」

「你是黃喜大臣[28]嗎？每天只會說『都不錯』。」

其實沒有一間是不錯的，最不錯的是現在居住的房子，可是我卻說不出口。我一點都不想搬離這裡，只想繼續躺在這裡好好休息。

說到底，漢永對於公寓的執念，也並非毫無預兆。

高燦浩，以及金南俊。

◇
◇
◇

兩年前，我透過漢永，收到了一封燦浩和他伴侶的喬遷派對邀請函。

當我點開漢永分享給我的網站連結，宛如電子喜帖般，還出現照片；而刻意將「喬遷派對」以「House Warming」來呈現，也讓人覺得怪尷尬的。以海邊為背景的兩名男子背影照片和一張公寓所在位置地圖依序出現。

準備物：各自要吃的食物與酒餚（禁送衛生紙、洗衣精及各種喬遷禮物）。

看到這些內容，我不禁心想，原來身為同事也是朋友的燦浩，把他在公司忙得像家族長媳般練就出來的一身活動策劃能力，發揮到了這種地方。

喬遷派對訂在五月連假的最後一晚。要找出四個人都可以的時間並不容易，經過多次改期，最終才敲定日期。那天碰巧也是父親過世二十週年的忌日，我本來就打算留守在店裡。隨著連假將至，確診病例日漸減少，社交距離限制也放寬不少，原本像辦喪事般景氣蕭條的梨泰院商圈，也像是看見了一道救贖的曙光。我們的店和其他店家一樣，決定在連假期間照常營業。為了告訴母親，我會在連假後一週回老家祭拜父親，我撥了一通電話給她，原本已經做好心理準備要迎接一場腥風血雨般的嘮叨，但是母親說話的聲音反而出乎意料的平靜。

「我本來也想跟你說不用回來了。」

「為什麼？哪裡不舒服嗎？」

28 譯注：黃喜丞相是韓國歷史上最受國民尊敬的丞相，最為人欣賞的是他的氣量與對公正的嚴格要求，被譽為韓國史上最了解「尊重」與「體諒」的模範。最著名的軼事典故為，某天黃喜丞相看見兩個婢女吵得不可開交，經過一番了解，黃喜丞相認為兩個人的立場都沒有錯，最後黃喜的夫人表示：「這個人說的沒錯，那個人說的也對，這樣是叫人如何判斷對錯呢？」於是黃喜丞相說：「妳這麼說，好像也對。」因此作者此處才會用黃喜大臣作為比喻。

「只是有點累。」

母親說，直到兩天前，她都和阿姨們在一起，她在二阿姨的農場裡整整工作了一週，都在整地、種紅薯苗、採摘蕨菜並將其曬乾。不過也是從那之後身體開始變得不適。她說她已經打電話告訴姊姊一家人，暫時先不要回來了，所以叫我也不用回去。隨後，母親小心翼翼地補充道：

「我總覺得身體好像不太對勁，種紅薯苗的時候，來了幾名烏茲別克人。」

「烏茲別克？那些人幹嘛來？」

「現在在鄉下，農活都是由外國人在做，年輕人誰還願意來這裡做體力活？就連你都見不著半個影子了。」

「抱歉。」

「像這種時候要是有個媳婦多好啊。」

「怎麼突然扯到媳婦了。總之，您身體沒事吧？」

「狀態還是不太好，喉嚨痛、拉肚子，種紅薯苗的時候我就覺得有點擔心了，因為那些烏茲別克人當中有一個一直在咳嗽。」

「媽，千萬別到處說這些，他們一定是健康才能來幹活，要是真的生病，聽說是會痛到連呼吸都困難，還會發高燒，怎麼可能有力氣下田工作。那些人也住在韓國一段時間了，不要老說人家是烏茲別克人、外國人，會被人說閒話的。」

母親聽了似乎有些不太高興，哼了一聲。

「好吧，現在你倒是成了父母，還教我怎麼說話。我覺得也許是因為和阿姨們一起煮了豬肉來吃，結果吃壞肚子……」

「阿姨們都沒事嗎？」

「她們都很正常，只有我這樣，可能當時太急，吃到沒煮熟的肉吧。」

我說不管怎麼樣，這樣太令人不放心，勸她去保健所檢查一下。

「那可不行，你知道那天農田裡聚集了多少人嗎？你阿姨們也都需要工作，可不能因為我一個人給那麼多人添麻煩，大家都有戴口罩，放心。」

「媽，隱瞞病情才是真的給人家添麻煩。」

後腦勺忽然掠過一股涼意和不安的感覺。

「有發燒嗎？我看最好還是去內科檢查一下，最近只要有發燒，連門診都看不到。」

「沒發燒，今天一早還去做了凌晨禮拜。沒事的，上帝會保佑我的。」

竟然拖著那樣的身體跑去教會？就算是對牛彈琴也不會比現在這樣更讓人無語。

「家裡有體溫計嗎？止瀉藥呢？」

母親像是懶得再回應似地，草草掛上了電話。我立刻在網路上訂購了一支電子體溫計寄送到她家，傳訊息告訴她時，還順便叮嚀她一天一定要量兩次體溫並傳訊告知我溫度，可是始終沒有得到回覆。

儘管我心想，應該沒事，但內心的擔憂卻揮之不去。

五月的那段連假，客人如潮水般一波接一波湧入。連假最後一天，我提早收攤，用店裡剩餘的食材做了鮭魚沙拉，還煮了一鍋淡菜湯，打包好放上車。我們一起驅車前往燦浩家，去參加他們的喬遷派對。

才剛停好車，漢永就驚嘆連連：

「是地下停車場欸！那他們下雨天出門上班的時候就不用撐傘了。」

儘管這棟公寓有些老舊，但管理得相當好，看起來十分整潔。一打開他們家的大門，坦白說我有點驚訝，因為眼前是舊公寓少見的黑框玻璃隔門，灰色調的時髦霧面壁紙及鋪著大理石的地板，都讓人有一種彷彿置身美術館或展覽廳的錯覺。鑲著金邊的餐桌也不是常見的木頭材質，而是大理石，椅子的設計都頗為獨特。燦浩察覺到我的表情，笑著說：

「我們家滿有趣的吧？我另一半的品味就是長這樣，光裝潢就砸了數千萬韓元。」

才剛說完，燦浩的另一半就從主臥室裡走出來，順手接過了我手上的大鍋子。

「感謝您特地來參加。」

「初次見面，幸會，幸會。」

我默默觀察著他走向廚房的姿態，他放好鍋子，重新走了回來，向我頷首示意：

「您好，我叫金南俊。」

他有著一張笑起來眼睛會變成瞇瞇眼、露出一排整齊牙齒的臉；雖然背部挺直，可是肩膀微微往內旋的姿態，親切中隱約帶有防備態度的一舉一動……

我終於認出他來。

《Magazine C》的菜鳥記者。

很久以前，在我還從事攝影工作時，我和他為了合作海報而見過好幾次面。拍攝海報期間，他負責包辦各種跑腿和雜事，儘管在眾人面前被前輩無情教訓，也從未失去過那機械式的招牌笑容。雖然他做事機靈，為人處事也親切有禮，可是一直有種壓抑著自身情感的感覺，我做夢都沒想到他竟然是燦浩的另一半。

關於燦浩的這位伴侶，我其實從漢永口中得知不少故事，據說原本是以約聘職在B電視臺工作，後來才轉正職；爾後，因為破例當上有史以來黃金時段新聞節目最年輕的男主播，引來了不少爭議。轉臺時有看過兩三次他播報的新聞，可是我完全沒發現，過去的《Magazine C》菜鳥記者和晚間八點新聞主播金南俊竟然是同一人。以我過去的專業程度而言，通常對人是過目不忘的，但這次著實奇怪。

南俊的身形偏瘦，沒什麼贅肉，肌膚也光滑無瑕。他穿著整潔的白襯衫，搭配棉長褲，渾身散發著電視人特有的高貴氣息。之所以沒能認出他來，我想是因為他所散發的氣場和表情都徹底不一樣的關係。最重要的是，他左眼下方那顆痣——算是他的招牌——用妝粉遮蓋，所以直到我看見那顆不像圓點而比較像星形小點的痣以後，才想起我的確還在另外一個場合見過燦浩的伴侶。

金南俊，他的另一個名字是上岩八六，儲存在Y手機裡的匿名聯絡人之一。

我故作鎮定地走進洗手間，緩緩洗著雙手，心中暗自猜想，南俊有認出我嗎？有的話，應該會有一些反應才對吧？為了打破尷尬，我是不是要先嘗試主動開口？然而，轉念一想，也許對他來說，那段在《Magazine C》的記憶是他極力想要隱藏的過去。而且根據漢永轉述，南俊與漢永同年，那麼，顯然與上岩八六這個暱稱上的數字年齡兜不起來，說明他當年應該是對Y隱瞞了真實年齡。從種種跡象看來，他是個祕密較多的人。因此，我看著鏡子裡數年間已經老化黯淡的自己，決定先假裝不認識他。

從洗手間出來時，發現大家已經圍坐在客廳的大理石餐桌旁。我坐在漢永旁邊，自然地與南俊面對而坐。冰涼的大理石桌面使我整隻手臂起了雞皮疙瘩，我盡可能表現得從容自然，將淡菜湯分裝進每個人的碗裡，南俊則在為每個人倒白葡萄酒。

大家一邊喝酒，一邊聽燦浩和南俊交往相識的契機，以及購買這間公寓的背景故事，雖然這些故事早已透過漢永的轉述聽說過，我仍裝作第一次聽到的樣子回應他們。

兩瓶葡萄酒見底後，四人皆已微醺，心情也變得輕鬆愉快。燦浩用舌頭微打結的口吻，跟大家說要開始進行環境介紹，叫我們都站起身。這間結構平凡的三房二十四坪公寓，被布置得非常精采獨特。更衣間裡整齊掛滿了西裝和黑白灰色系商務休閒裝。兩人的穿衣風格似乎頗為相似，這與偏好舒適隨興穿著的我，以及喜歡穿緊身衣或線條明顯服飾的漢永截然不同。更衣間外的小陽臺，擺放著一臺E公司最新款家電——上下層的雙功能烘脫洗衣機，主臥室裡則並排著兩張單人加大床，據說是因為南俊睡覺時經常翻身，燦浩為了確保睡眠品質，所以做出了這樣的安排。工作室兼書房的空間裡，擺放著一張長長的書桌（看上去像是從員工商店購買的），桌上有兩臺巨大的E公司電腦螢幕，應該是為了讓兩人工作或打電動時可以並排而坐。

結束參觀後，我們回到客廳的沙發坐了下來。燦浩從冰箱裡拿出了事先準備好的鮭魚沙拉和玉米片，以及一瓶紅酒，擺放在沙發前的茶几上。漢永打開紅酒，開始為大家倒酒。漢永喝醉後，會習慣性手抖，看著他倒酒，不免感到擔心，果不其然，他不小心打翻了擺在南俊面前的酒杯。雖然我反應迅速，伸手接住了酒杯，幸而杯子裡的紅酒沒有撒出來，但茶几和南俊的白襯衫上還是濺到了幾滴。原本一直面帶親切笑容的南俊，露出了短暫一瞬間的僵硬。燦浩從廚房裡拿出廚房紙巾，將茶几和地板上的酒漬擦拭乾淨。漢永不知所措地道歉：

「對不起，噴到你的襯衫上了，怎麼辦。」

「沒關係，這件只是Uniqlo的。」

嘴上說著沒事的南俊，表情卻一點也不像沒事。

「現在還有人買Uniqlo來穿嗎？」

我不小心將內心想法脫口而出，也不曉得是因為有點酒醉，還是因為我也不自覺地在意南俊所致。漢永用驚訝的眼神看著我，連忙嘗試打圓場：

「哎呀，我們家這位老頭每次只要喝醉酒就會胡言亂語。」

南俊也露出了和緩輕鬆的表情，回應：「是啊，要是Prada的衣服就完蛋了。」除了我以外，其他人都在竊笑。南俊表示自己要換一件衣服，往更衣室方向走去。有時，我隨口冒出一些莫名其妙的話，漢永都會叨念我，說我像個殺風景的老頭。我曾在社群軟體上發布過一張照片，上面寫著拒買品牌清單，其中包含了Uniqlo和K乳業，結果漢永看到就一直念我：

「哥，現在的年輕人都不會發布這種貼文。」

也不曉得他和我究竟是有多大的年齡差距，居然跟我說現在的年輕人……

「再說了，哥，你是開居酒屋的人，還高喊著抵制日本，這樣子很搞笑你知道嗎？」

這句話說得倒是沒錯，我只好摸摸鼻子刪掉了那張照片。漢永就像是潤滑劑，將世界與我溫柔連結。

南俊換了一件寬鬆舒適的灰色T恤和短褲，重回客廳。他再次帶著那有如面具般刻意保持親切的臉，坐回了位子上。我半開玩笑半真心地說道：

「這套看起來更帥！」

南俊聽聞此話，露出了燦爛笑容，這次看起來是發自內心的笑。儘管我很想開他玩笑「被說帥就這麼開心喔」，但還是忍住了。不知為何，我老是會想要去觸碰他那被社會化掩蓋的尖銳內在。

鮭魚沙拉裡的鮭魚很快就被吃光了，只剩下一堆蔬菜。我們喝得比剛才更醉，喝醉以後儘管只是聽一些無聊的話，也會忍不住想笑，這是我第一次這樣放心聚會玩耍。午夜過後，電視開始播放深夜新聞，南俊說起了電視中那位主播的八卦，說那位處長與新人記者有染，搞得處長夫人還跑來電視臺，把公司鬧得人仰馬翻；綜藝節目部部長和偶像團體新人也有諸如此類的關係等等……。我們津津有味地聽著南俊講述電視臺裡的祕辛，聽得聚精會神。

這時，電視剛好播出一間位於地方的教會，依然聚集著數百名教友沒戴口罩進行禮拜的新聞，畫面中顯示著那棟企業型教會建築物，就位在母親居住的地區。

「啊，真是夠了。」

漢永嘆氣。南俊也像是在喃喃自語地說道：

「都已經說過好幾次不要聚集，死都要聚集，真是腦子破洞。」

他不愧是個主播，這句話說得字正腔圓、清楚簡潔。然而，從他口中說出這種粗魯的話倒是讓我感到有些意外。漢永緊接著說：

「在家裡禱告不就好了？難道除了教會以外，在其他地方禱告神會聽不見嗎？那就是人，不是神了啊！實在好難理解。」

燦浩也附和道：

「我聽說他們是異端，不是一般教會。在這個節骨眼還上百人聚集在一起又哭又喊的，祈求自己不要染疫，真的是很詭異，不覺得嗎？」

「那些人可能也和我們一樣覺得悶吧。」

我不識相地說出了這句話，結果空氣頓時凝結。

南俊用冷靜沉穩的語調繼續說道：

「可是我們嚴格遵守防疫規定，而且盡可能小心謹慎，那些人和我們不一樣，他們成群結隊地高聲呼喊、齊聲唱歌，是把所有人的努力都化為虛有，非常不負責任的行為。」

「是病毒可惡，不是人可惡吧？那些信徒也只是根據自己的信仰認真祈禱、祈求病毒退散，用他們自己的方式竭盡所能。我們去餐廳吃飯或者喝咖啡時，也都會摘掉口罩，不是嗎？現在也是摘下口罩在喝酒啊。」

「是啊，吃飯喝酒是必須的嘛。」

燦浩連忙用他特有的圓滑態度試圖緩和氣氛。這時我才想起，曾經聽漢永說過，南俊為了每天能夠順利播報新聞而自己帶便當、一個人吃飯，我心想，也許是因為他的工作性質，自然需要比別人更加小心敏感。南俊的表情變得更嚴肅了，他默默喝著酒，而酒意甚濃的我則突然很想要說服南俊。

「我的意思是，教會、教徒們，也都有可能是受害者。對於某些人來說，週末去一次教會，很可能是唯一一次的外出時光，對他們而言，去教會裡喊啊、唱歌啊、禱告啊，可能是他們的興趣或活著的樂趣，不需要把群體過度妖魔化吧？」

「是啊……哲宇哥說得也沒錯，可是我該怎麼說才好呢……就是有點難過吧，政府和人民都在為這個社會辛苦防疫，從統計的角度來看，教會禮拜的確是個問題。」

「你是統計系畢業的？」

「不是，我畢業於英文系。」

「喔，我讀的是攝影系。」

「幹嘛突然說自己讀什麼系啦。」

漢永的一句話讓燦浩也跟著大笑起來，直說我們兩個簡直就像老人癡呆。漢永隨即向南俊提議一起出去抽根菸。漢永雖然已經戒菸多年，但是只要喝醉酒，就會偷抽別人的菸。自從疫情爆發後，南俊就戒掉了抽菸的習慣，但那天他也難得想抽一下，所以從書桌抽屜裡拿出剩下半包左右的香菸，兩人宛如認識十年的老朋友，勾肩搭背地走出了家門。

客廳裡，只剩下燦浩與我，電視正在播放諧星們以光速狂嗑山珍海味的節目。燦浩用安撫我的口吻說道：

「這人很搞笑吧？他超誇張的，怕確診連吃飯都一個人吃，還不喝咖啡。然後說自己要上鏡頭，不能變胖，所以每天還是會堅持去運動。他都趁凌晨健身房空無一人的時候去運動，把手洗到都流血了，也隨時隨地消毒手……甚至連我都被規定不准出去用餐。其實在我看來，這樣做很可能是聰明反被聰明誤，活得如此強迫偏執，反而是在殘害身體健康。可是他就像根竹子一樣硬邦邦的，感覺隨時都有可能折斷。我真的非常忍讓包容他了。」

「其實的確應該要像南俊那樣做才對，是我說了不該說的話，把氣氛都搞砸了。漢永會說我是老頭也不無道理，抱歉啊。」

「不過，我看您和漢永兩個人實在很適合。」

「怎麼說？」

「不知道，就是一種直覺吧。」

「這是在貶我吧？」

「不是啦，真的是稱讚，是稱讚。」

我們笑著又喝了一杯紅酒。儘管燦浩溫柔體貼、深思熟慮，但是從另一方面來看，又顯得過分理性現實，給人冰冷的感覺。從遠處看，南俊比較像冷靜沉穩的個性，但其實近距離觀察會發現，真正牢牢抓住南俊浮躁內心的人反而是燦浩。就如同我有漢永一樣，南俊也有燦浩。

南俊與漢永各自拎著一袋裝滿燒酒和冰淇淋的塑膠袋走了進來，我們用冰淇淋當作酒餚，愉快地喝起燒酒來。我們把電視連接YouTube，播放各種流行天后的歌曲，所有人一起大合唱（令人驚訝的是，跟著唱亞莉安娜．格蘭德（Ariana Grande）[29]的歌曲時，南俊唱得最大聲）。

凌晨兩點左右，門鈴響了。對講機畫面上出現警察的面孔，我下意識地隨意挑了一間房間躲進去，但是當我回過神來的時候，才發現我和南俊一起躲進了更衣室。南俊悄悄地對我說，一起躲去陽臺。於是，我按照他的提議，跑去陽臺，身體緊挨著洗衣機。我看著明明

29 編注：出生於一九九三年的美國流行樂歌手，以跨越四個八度的音域聞名。

是在自己家卻以光速藏身的南俊，感到有些好笑，客廳傳來燦浩與漢永和警察交談的朦朧聲響，似乎是在編造一些聽起來合理的藉口。南俊和我氣喘吁吁，努力不發出聲音，儘管只是短暫片刻，卻度秒如年。

燦浩與漢永呼喊我們，叫我們可以回去了。聽說是有鄰居向警察檢舉，所以從現在起，要像在寺廟裡一樣保持肅靜地喝酒。於是，我們用說悄悄話的音量閒聊，直到實在受不了，只好玩起沉默版的「〇〇七砰！」[30]遊戲。我們就這樣玩著壓抑的酒桌遊戲，後來不知不覺一個一個睡著了。

睜開眼睛時，已經是凌晨五點多了。我把漢永叫醒，一起為躺在沙發和地板上睡覺的燦浩和南俊蓋棉被，並且將碗盤收進廚房水槽裡，再悄悄地離開了他們的公寓。

回到位於普光洞公寓社區正中央的住家時，天才剛亮。我很想立刻躺回床上睡覺，可是身上飄著陣陣汗臭味和酒氣。我們懶得排隊洗澡，乾脆兩個人一起站在浴室裡淋浴。曾幾何時，光是兩人一起洗澡就覺得浪漫不已，現在卻有一種在軍營裡洗澡的感覺。漢永的裸體對我來說已經像是自己的身體，這個事實不禁讓我覺得有點好笑。

洗完澡後，我們終於躺上床。漢永對我說：

「那間房子很漂亮吧？」

「嗯，還可以。」

「不過，他們到底是靠什麼樂趣生活呢？我看兩個人的話都不多。」

「不知道，可能是靠還房貸的樂趣？那間房子，我看牆壁和地板全都是石頭，感覺不太像家，反而像棺材。」

「哪會啊，我倒覺得滿好看的。他們好像是付了一點點頭期款，然後每個月還房貸利息吧，似乎還有做一些額外投資之類的。不過，我猜他們應該也沒什麼好擔心的，高燦浩的年薪一定調高不少，南俊的話想也知道肯定賺很多。」

「他們交往多久了啊？」

「可能有一年半？還是兩年？」

「那應該已經開始不太想要做那件事了，對吧？」

「嗯，我們當初也是這樣。」

「漢永啊，假如我去找其他男生，和他上床後回來，你會怎麼樣？」

「當然是拍拍你的屁股，對你說：『哎呀，老頭，拖著老骨頭幹了大事啊，真是辛苦

30 譯注：韓國流行的一種遊戲，遊戲規則為，所有人圍成圓，口訣是「〇、〇、七、砰！」遊戲起始者（甲），要一邊用手指向一人（乙），一邊喊「〇」，再由被指到的人（乙）繼續挑選一人，一邊用手指向下一位（丙），一邊喊「〇」，以此類推，直到最後被指到「砰」時，被砰到者左右兩側的人就要舉起雙手喊：「啊！」

你了。』」

「什麼鬼。」

我尷尬地轉過身，漢永從背後緊緊抱住了我。這真是久違的肢體接觸。我被他抱著，心想要是日子能一直這樣持續下去該有多好，希望確診人數可以愈來愈少，讓這場討人厭的疫情早日結束，也希望這一切都能像夢境般過去，我們也隨著時間慢慢老去，最終真的變成一對老頭，然後一起老死。後來，我的目光無意間望向了飾品盒裡漢永的勞力士錶和Y送我的戒指，這使我瞬間清醒，包括生活中的那些記憶，以及背著漢永暗地裡犯下的罪惡，都像細塵一樣浮現在我腦海。

信任與謊言，希望與背叛，未來與斷絕。

清醒一點吧，我不適合夢想幸福，什麼都別相信，也不要做出任何承諾，要記得那是我唯一的生存之道。

漢永在我身後開始打鼾，我輕輕地將他的手臂從我身上拿開。我閉上眼睛，才終於感受到獨自一人。

這天將會被我記憶成簡單又平靜的一天。

◇　◇　◇

不久之後，老天像是開玩笑似地，開啟了人間煉獄。

連假前，確診病例一度降至個位數，大家開始相信，這場令人厭倦的病毒大戰即將落幕，然而，連假一結束，確診人數就以驚人的速度瞬間暴增。在曾經去過梨泰院的民眾當中，出現了一名「超級傳播者」——基南市五十五號患者，他的足跡被媒體公諸於世，其中包含了同志夜店和同志酒吧，惹得民眾憤怒不已。不幸的是，被他傳染的另一名確診患者曾經到我經營的居酒屋用餐，於是，保健所人員直接登門稽查。

很快地，當局發布了娛樂商家禁止營業的命令，梨泰院一夕間彷彿成了疾病的溫床，所有人都不敢來梨泰院，這裡的酒吧和餐廳全部關門大吉。

街道瞬間變得空無一人，也像極了等待都市重建的街道，彷彿所有建築物即將倒塌，一片寂寥。

◇　◇　◇

圍繞著梨泰院的那股令人窒息的沉默，到隔年也沒有被打破。疫情爆發前，這裡的商家還會為了抵制競爭對手而偷偷檢舉彼此違反消防法規，然而，在疫情這個共同敵人面前，大家首度團結起來，在消防署十字路口周遭經營五間餐廳的林老闆，開設了一個商會團體的群組聊天室。

那段期間，餐廳的營業時間一直是被政府限制的，索性直接放棄營業的店家也不計其數。超過兩百位業主全部受到疫情波及，選擇自殺的業主訃聞也經常出現在群組聊天室裡，情況嚴重時，每隔一週就會看到一次業主離世的消息，有時還會搞不清楚究竟是哪間店的老闆過世，而死者大部分是過去經營酒吧和夜店的老闆。群組裡最後一位選擇自殺的人是一間變性人酒吧老闆，她在社群平臺上刊登的最後一篇文章是炫耀自己新買的一款香奈兒包包，後來出現「因疫情緣故，恕不接受弔唁」的訃告，我看著她的遺照，總覺得就算替換成我的臉也毫不違和。

某個門可羅雀的日子，母親打電話通知我，她寄了一些家常小菜上來。過去她也經常寄一大堆吃完會飽到撐死的小菜，並確認我是否都有吃完，而且還會在掛電話前一如既往地叮囑：

「你是主的孩子，無須擔心。當時不也是主保佑你嗎？只要有信仰，就不會患難受苦。」

母親說，「梨泰院確診者事件」爆發時，她整天都在虔誠禱告，但她平時去的教會確診人數是梨泰院的兩倍，這項事實對她來說反而好像並不重要，難道那些教友不是主的孩子？

以老人為對象開始施打疫苗時也是，母親一直堅持不願意接種，她大發雷霆，嚷嚷著政府給老人施打來歷不明的疫苗，盡說些荒謬的言詞。我問她這些消息到底都是從哪裡聽來的，她便傳來一支影片連結，說是在教會團體的群組聊天室裡看到的影片。那一看就是粗糙的造假影片，來自我從未見過的串流影音平臺，不是YouTube也不是Vimeo，內容講述著以比爾．蓋茲為主要首腦的某個操控世界的幕後組織在散播假病毒，然後再讓含有微型奈米機器人的疫苗流通到市面上，透過民眾施打疫苗，進一步操控人類的意志。影片中甚至還出現一名自稱是專業醫師的白人男子，在疫苗施打的部位放一塊磁鐵，顯示會吸附住（神奇的是，磁鐵竟然真的緊貼在他手臂上）。看完那支影片後，我不禁擔心起母親的認知能力，急得立刻撥打電話給她，向她確認我的名字、已故父親的姓名、以前我們住過的公寓地址等。所幸沒有大礙，認知能力毫無異常，於是我就鬧脾氣，放話威脅要是不接種疫苗的話，就到她過世之前都避不見面，然後憤而掛斷電話（這臭脾氣絕對是遺傳自母親）。一週後，總算收到了母親已經完成疫苗接種的簡訊通知，但究竟是不是真的，不得而知，只能選擇相信。

隨著疫情再次惡化，母親有時會情緒激動地在電話另一頭帶著哭腔抱怨，叫我立刻收掉居酒屋返鄉生活，強調沒有什麼事情比命來得重要，主會讓大家溫飽，這是從居酒屋剛開幕就聽過無數次的內容；她表示自己即便患有退化性關節炎，依舊戴著自行縫製的棉布口罩，每天早上步行二十分鐘去教會參加晨禱，並且說這麼做都是為了我。

「禱告做再多都不嫌多，也永遠不會背叛你。」

然而，每次只要看我沒反應，母親就會氣得直跳腳，開始對我破口大罵，說自己那麼辛苦可不是為了看我在疫情險峻的地方賣酒；供我讀學費昂貴的攝影已經搞得她傾家蕩產，質問我為什麼要放棄一份做得還不錯的正常工作。

「這種時候我就覺得你和你爸簡直一模一樣。」

「爸都過世多久了啊，您怎麼還拿他來說我呢。拜託您活在現實裡吧。」

對於母親來說，父親就是惡的象徵。儘管她心知肚明，我和她根本是一個模子刻出來的，和她極為相似，但每當遇到不如意的事情時，卻又總是端出父親來說我像他，還會大聲喊道：「你知道我這輩子因為你爸吃了多少苦嗎？」母親一再強調，「就算挖地吃土也活得下去，這就是人生！」說這句話時，她的聲音充滿篤定。母親真正想要的是什麼呢？難道我真的放棄賣酒，改成挖地吃土，她就會心滿意足嗎？每天戴著親手縫製的布口罩去教會禱告，又是為了什麼呢？她的眼淚為何而流？她真正難過的，究竟是我的人生，還是自己已經逝去的歲月？

全國各地不斷出現新的傳播者，每次人們都以為只要徹底「隔絕」這些傳播者，世界就會恢復原狀。然而，傳播又會催生出新的傳播，最初的源頭則會變得沒有意義，病毒更是變種又變種，蔓延又蔓延，看不見輕易消失的跡象。

◇◇◇

每個角落都以故障受損的狀態度過漫長時間。

原以為已經到達顛峰的確診者人數，彷彿是在嘲笑人們的期待似地，連日刷下了新紀錄，幾乎每隔十分鐘就會新增約五百名確診者。

回想當初大眾對梨泰院的指指點點，不禁覺得好笑。

最後能在梨泰院存活下來的，幾乎只剩下高級香水品牌和大企業的快閃店。酒吧和夜店、餐廳的數量急速減少。

我的居酒屋也不得不調整經營模式，改以外送為主。於是，我減少了外場服務人員，增加一名廚房助手，也在菜單中新增了鍋物與主餐，以迎合外賣市場需求。然而，明顯下滑的營業額仍舊無力回天，我開始無法按月支付每個月的店租，等我清楚意識到財務出現問題時，才發現過去賺的錢都已經燒光，只能從押金裡扣月租。無奈之下，我辦了信用貸款，然後申請自營業者緊急補助金，店面才得以勉強撐下去。

儘管我早早就將店鋪放在不動產交易市場上出租，但一年多過去，仍無人問津，沒有接到任何一通詢問電話。我決定順其自然，只能相信，等時機成熟，一切自然會回歸正常。

漢永成為我們家一家之主已經好長一段時間了，即使我無法負擔生活費，他也從未說過什麼，彷彿充分理解我的處境，匯了比以前更多的生活費到我的戶頭。由於民眾對於生活家電或ＩＴ用品的需求量日漸增多，所以漢永任職的公司反而在疫情期間生意變得更好，營業額增長。他拿到了績效獎金（儘管沒有以前領的那麼多），年薪也增長不少，當然，隨著職等升級，伴隨的工作責任也增加，自從調換部門與燦浩分開後，就開始對職場生活感到痛苦，部門之間的權力鬥爭據說也使他變得很難再像以前那樣對燦浩掏心掏肺，他們倆原本可是被同事們戲稱「辦公室夫妻」的關係，非常要好。我看著痛苦難耐的漢永，甚至開玩笑說他簡直像極了正在跑離婚流程的人。自從以漢永為首，積極帶領數位行銷組組員們出現在公司 YouTube 頻道後，漢永就成了代表公司的門面，他和黃恩彩組長的照片被掛在位於江南的公司大樓入口處，偶爾走在路上，還會有人認出漢永，不過也因為樹大招風，引來不少人的妒忌。漢永雖然表面上笑臉面對那些對他不懷好意的人，但是轉過身後，就明顯面露疲憊。每次只要因部長與組長之間的大小摩擦而遭受波及的日子，他甚至會自己嘀咕：

「這不是我要的人生。」

◇ ◇ ◇

某個週末，漢永又去了一次燦浩和南俊的家。他似乎想要修復與燦浩漸行漸遠的關係，同時也順便聊聊關於公寓買賣或投資理財等話題。雖然他也邀請我一起去，但是由於晚餐時間實在離不開店面，只好讓他獨自前往。

漢永直到午夜過後才回到家，那天與他的談話主題不意外依舊是房地產，他似乎從南俊和燦浩那裡打探到不少消息，從宜居的公寓社區條件到住房貸款的技巧，以及未來房價有望上漲的地區是哪一帶等等。他還用充滿羨慕的聲音補充道，他們倆買下的那間公寓光是這幾年就已經漲了幾億韓元。

「原來是南俊用自己的名義申請購屋貸款買下，然後燦浩再申請租房貸款，以租屋的名義住進去，所以實際上投進去的現金並不多。每個月雖然要還利息，但是兩人平分下來還比一般月租費便宜。」

「聽起來……完全是成年人的世界啊。」

「哥，你才是開過攝影工作室又經營過餐廳的生意人，怎麼反而說這種話呢？喔，對了，擔心某天感情生變，他們甚至還找了律師公證，說連利息和將來賣掉這間房子的收入，全部都要均分。」

「需要做到這樣？」

「嗯，不過我們就不用了，反正到死都要一起過日子，沒必要搞得那麼麻煩，還浪費錢。」

「到死都要一起」這句話就這麼卡在我胸口。漢永一定是非常堅定地信任我，想想也是，我也非常信任他。漢永不可能像Y那樣什麼話都不說就突然消失無蹤，如果愛的前提是信任，那麼，我和漢永之間的關係絕對比任何人都還要穩固。

每每回想起我們的關係始於一個男人的虛假人生，以及比他的人生更虛假的死訊，就會覺得人與人的關係真像個笑話。漢永會怎麼樣呢？要是他知道我的一切真相，還會願意留在我身邊嗎？我思索著這些問題，最終搖了搖頭。不去擔心未來，只專注於此時此刻——這才是我唯一的生活方式。

漢永有了更具體的目標，想要搬去龍山區或城東區的公寓，他甚至犧牲睡眠時間，只為到處實地考察。他用我們共同使用的YouTube帳號，訂閱了不少不動產與自行裝潢等相關頻道。搬離現在的住所、買下一間新房子、將空間布置好就能展開全新生活——這樣的期待宛如黑暗中的一道光，讓他得以喘息。

不久後，漢永傳了一份檔案給我，裡面整理了他的存款總額與可貸款額度，並且詢問我可用現金有多少、信用貸款額度是多少等問題。儘管我們在一起多年，但是針對彼此的財務狀況如此具體討論還是頭一遭。我思考著該怎麼辦才好，並從主要往來銀行印出了帳戶明細（上面清楚標示著已達上限的信用貸款帳戶與貸款現況），還順便將店鋪的租約與過去兩年的每月營業額、員工薪資單也全部印了出來。我像個交出自己考砸的成績單的孩子，把所有文件遞給了他。漢永反覆翻看，似乎對我這難以挽回的處境感到震驚。

「哥，你一定很辛苦吧……」

我感覺到漢永心中的一線希望應聲斷裂。看著他臉上掛著前所未有的失落神情，可以體會到應該是對我感到非常失望。他並不是完全不了解我的處境，只是沒想到已經到了如此糟糕的地步。

然而，漢永沒有放棄。第二天，他去了幾家金融機構，都是不受信用評分和既有貸款明細影響、依然可以申請租屋貸款的機構，然後印出了非銀行金融機構提供的貸款商品清單。

我趁店面短暫休息，去了附近一家儲蓄銀行諮詢，臨櫃人員看了我的資料後，表示因為收入不穩定且信用評分已經差到谷底，所以很難申請到租屋貸款。儘管隔著口罩，我也能感受到對方一臉為難。

「那……就算去找其他機構應該也差不多吧？」

「是的，除非信用等級恢復，否則很難貸款。雖然也可以考慮洽詢私人金融機構，但那樣的利息負擔會很重。」

走出銀行時，陽光耀眼熾熱。我舉起手遮陽，走回店面的路上總覺得自己好像踩在虛空中，很不踏實。將近四十的年紀，卻連積蓄都沒有，還揹著一身債務，我對於這樣的自己感到很失望。怎麼會淪落到這種地步……我彷彿確認了自己的人生毫無疑問地與失敗畫上了等號，這時，剛好收到母親傳來的一則簡訊：

－信的人必有神蹟隨著他們，就是奉我的名趕鬼；說新方言；手能拿蛇；若喝了什麼毒物，也必不受害；手按病人，病人就必好了。（馬可福音十六章十七～十八節）

我差點想把手機扔掉。

那天晚上，我把銀行告訴我的資訊全部告訴了漢永，說著說著，我像犯下大錯的人一樣，聲音愈來愈小，肩膀也不由自主地拱起。漢永靜靜聆聽，然後說：

「辛苦你了，一定很不好受吧，我好像太強迫你了，對不起。」

我和他都清楚，這不是漢永需要道歉的事情，完全是我的錯；然而意識到是自己的問題時，一股委屈瞬間湧上心頭。

過去除了固定休息日以外，我從未休過一天假，都在工作。剛開始與漢永展開同居生活時，我的收入甚至好到幾乎都是我在負擔他的生活費，但是才短短幾年時間，一切竟變了調。

尤其是過去這兩年，沒有一刻是安心的。收入不足時，就不得不減少人力，而不足的人力都是由我親自上陣。為了節約成本，我跑遍市場，膝蓋軟骨都快要出現磨損。開始轉型專門做外送時，雖然營業額有短暫上升，但也只足夠用來緩解燃眉之急。原以為拚了命辛苦努力過後會出現轉機，結果只得到一屁股債。我經常想，要是兩年前直接宣布破產倒閉，說不定還好一些。紛亂的思緒一個接著一個……最後想到，要是當初根本沒有開這間店，會不會比較好？假如沒有開設這間原本打算作為自己和朋友們一輩子的小天地的店面，現在應該就不會淪落到這般田地。一切都令我感到悲傷和埋怨，在這每個人都在指責他人的時代，我又該去怪誰、抱怨什麼？一天只有十幾名確診者時，彷彿世界就要崩塌似的，將所有確診者的足跡一一公開，限制販售酒類的店家營業，結果現在每天幾十萬人確診，也不再有任何管制，我難道要怪這樣的政府？還是要怪梨泰院商圈都已經沒落了，卻依然準時來收租金的房東？抑或是責怪當年差不多此時把梨泰院搞得人仰馬翻的基南市五十五號確診者？該怪最初把病毒帶入韓國的那個人？還是該責怪母親那樣虔誠信奉的神？我什麼都不相信，實在不曉得該怪誰，最後只能怪自己，責備沒能妥善應對這一切挫折的自己。

◇　◇　◇

漢永並沒有表現出明顯失望，只是稍微降溫，回到了阿姨過世前的那種日常模樣。

幾天後，漢永要我坐在餐桌對面，小心翼翼地向我提議，要不要考慮收掉居酒屋，重新開始攝影工作。他補充道，可以把自己在公司負責的宣傳專案外包給我，反正我以前在業界經常拍攝服裝時尚照，作品集也很出色，外包專案給我絕對放心；況且，現在平臺多樣化，對於攝影和影片製作的需求反而增加，只要順利完成幾項不錯的專案，日後的工作機會就會接踵而至。

「哥，你難道都不覺得委屈嗎？」

漢永指的是接手我那間攝影工作室後風生水起的後輩——日錫，他過去是我的助理，後來把工作室全面改裝，還更改了名稱，徹底改成屬於自己的空間。他還在Instagram上開設了一個名為「石Studio」的帳號，因專門拍攝健身寫真而聲名大噪。如今，他的團隊增加了兩名攝影師，並且與造型和化妝業者簽約，逐漸往企業化攝影工作室邁進。業界盛傳，他的工作室不僅在疫情的肆虐下沒有衰退，反而順應了人們在社群軟體上極力想要展現自我的需求，瘋狂撈金（據說已經把他原本的現代車換成了賓利車）。其實我對此並不在意，但是漢永似乎有追蹤石Studio的帳號，已經關注很久了。他告訴我，現在就連偶像團體和演員都會主動找他們合作，甚至還在論峴洞開了第二間工作室，所以他的風生水起應該不是空穴來風。然而，我並沒有像漢永說的那樣感到委屈，畢竟這是日錫的能力，與我無關。

「要不要先考慮把店轉讓出去？整理完後，回到最初，從頭來吧。」

猶豫再三後，我決定向他坦白一切。一年前，我早已扣光押金，並將店面委託房仲刊登在租屋網上，但至今從未接到過任何詢問電話。漢永似乎被這突如其來的坦白震驚到一時語塞。他咬著下唇許久，小心翼翼地問：

「那……你有考慮過申請破產或個人重整，甚至是關店嗎？」

當然，這些並非都沒想過，但是童年的記憶一直束縛著我，使我裹足不前。小時候，父親以房產作為抵押，不斷用家人的名義四處借錢，然後嘗試各種生意，也因為如此，母親成了信用不良者，一輩子連一張信用卡都辦不成，我依舊記得她為此事埋怨哭喊的聲音。這些記憶如同枷鎖，緊緊纏繞著我，儘管我心知肚明早已成為往事，卻始終沒有勇氣去搜尋「破產」這個關鍵字。漢永其實對於我的這些過往多少有些了解，所以他在開口前一定是考慮再三、猶豫不決的。

「如果可以，我們試試看申請個人重整吧。據我所知，並沒有我們想像中那麼複雜或困難，只要一邊賺錢一邊慢慢還就可以了。」

漢永催促著頑強搖頭的我。我不想再聽他說下去了，也不想要面對現實，更不想思考未來。我走進臥室，躺在床上。有別於平日，漢永這次並沒有打算放棄，他跟了進來，坐在我背後，繼續說道：

「哥，對不起，但我真的覺得很可惜。老實說，比起做生意，你從事拍照攝影的工作更久，我也知道你很擅長，只要下定決心，很快又能東山再起，我會幫助你的，好不好？」

的確如漢永所說，假如從大學時期開始擔任助理的時間也計算在內，我等於是放棄了十多年的攝影歲月。我依舊背對著他，告訴他會再考慮看看。

「哥，你知道我在澳洲生活時，學到了什麼嗎？人啊，其實不管怎樣都能活下去，就算是吃枯掉的萵苣、挖土來吃，人生都還是可以過得下去。所以不要太害怕失敗，就直接整理乾淨，重新開始吧。」

「知道了，所以拜託、拜託你……真的別說了。」

你應該是想說，希望我可以按照你想要的方式過生活，按照你看著舒服的方式過生活吧。或者是對我、現在的我們，已經感到厭倦了，所以才會想要在陌生的空間重新開始吧。

可是我只想要像現在這樣，去採買食材、做生意、喘口氣、拉下鐵門，然後回到普光洞公寓躺好睡覺，光是這樣我就已經心滿意足，光是這樣的日常就已經讓我感到沉重。

我遮住耳朵，閉上了眼睛。

◇
◇
◇

那天晚上，我們做愛了，那是一場久違的性愛。已經想不起來有沒有接吻了。漢永的身體熱得發燙，我的身體可能也是。儘管如此，我仍感到孤單，彷彿只有我自己。

◇
◇
◇

不知從何時起，我們之間的氣氛變得有些尷尬。自從私人聚會的限制被解除後，梨泰院商圈逐漸復甦，但這些都與我無關。我依舊習慣性地往返店面上下班，營業額則是原地踏步。必須做決定的時刻儼然已至，我像是走到了懸崖邊，再也無路可退。

每天早晨，我站在浴室的鏡子前，都會狠狠地給自己一記耳光。振作點，好好正視自己，認清自己究竟身在何處。

我下定決心，每天只要先邁出一步，嘗試做出一點改變就好。

◇ ◇ ◇

入冬後，漢永買了一件大衣給我，我穿著那件衣服，決定重新開始。

第一步，我進入個人重整的流程。漢永介紹了一名專門處理個人重整的律師給我，我搭著他的車，去了一趟位於江南的律師事務所。我發現律師委任費已經提前支付完成，律師用心理諮商師般的平穩語氣安慰我，說我是他負責的客戶當中債務最少的一位，所以我的個人重整流程應該會相對快速跑完。我看見他手上戴的那支鑲有鑽石的金色勞力士手錶，是我很久以前拍攝過海報的款式，暗自心想，看來破產的人還真不少。

第二步，開始收拾店面。我先向員工說明自己的情況，不過，剛開業時一起打拚的老成員已經離職很久了，只剩下晚餐時段和週末班的工讀生，所以告知他們這個消息並不困難；至於和我一起工作了將近三年的廚房助理，則是支付遣散費並且額外提供一筆撫慰金作為補償，以此表達我的不捨與抱歉。

第三步，我刪掉登記於網路上的店面資訊，也退出了當初以店家身分加入的外送平臺。然後登入國稅局網站，申請了營業人註銷登記。申請書已經在審理中，要是沒有什麼問題，我的居酒屋應該就會順利地消失於這世界上。我看待這一切比當初想像中來得淡然。

第四步，我在網路社群平臺和不動產應用程式軟體上刊登了店鋪轉讓的消息，順便附上開業初期拍下的店面照片，誠心誠意地寫下了這間店的歷史。我還把店面委由一間對梨泰院商圈感興趣的大型不動產公司進行轉讓，那是一間規模大且手續費高的公司，而疫情結束後最早嗅到經濟復甦氣息的也果然是這些業者，不到兩個月時間就透過這間房地產公司得知了店鋪已轉讓的消息，新老闆計劃開一間會員制的韓牛無菜單料理店。韓牛無菜單料理，這樣的名詞組合聽起來顯得有些自相矛盾。新老闆以收購廚房設備、大型吧檯和營業用冰箱等設備為條件，說願意支付我五百萬韓元，這些可是我當初砸了八千萬韓元所安排的設施和裝潢，然而，我知道即使將這些設備轉賣給二手中古商，也拿不到更好的價格，所以就乾脆接受了對方的提議。我將這筆錢全部交給了房地產公司。

第五步，選了一天來舉辦停業派對。

我邀請了開業初期幫助過我的雜誌社和時尚業界人士、家鄉老朋友、大學同學等，以及漢永和我在同志圈的共同朋友，這些都是三、四年前，每到週末就會像回到自己家一樣來我店裡作客的朋友，大夥兒喝到午夜再一起違規穿越馬路去夜店跳舞的情景還歷歷在目。我把邀請函也發給了燦浩和南俊，燦浩說他如果時間可以一定會出席，但是南俊應該不會來參加，無論如何，我只想盡我所能地好好招待一下這群朋友。

停業派對日，我早早就上班了。邀請了幾十人，但因為不知道確切出席人數有多少，所以有點緊張。我為了購買肉類、魚類、魚板等食材而前往超市，還買了白酒和清酒。這種日子，應該要有車才方便，偏偏漢永已經開車出差了。我猶豫著該搭計程車還是搭地鐵出門，最後決定搭地鐵，畢竟都已經失敗收場要舉辦「停業派對」了，搭計程車實在有點良心過不去。

一隻手拎著袋子，雙手抱著箱子，我搭上了六號線的地鐵列車。找到位子坐下後，額頭上的汗水順著臉頰流下，我感受到口罩裡的人中已經被汗水浸濕，呼吸變得困難，好像比以前更容易喘不過氣來。車廂內，幾名乘客默默瞥了我一眼。

列車突然停駛，等了許久，都沒有任何動靜，人們開始議論紛紛，這時，車廂內的廣播突然響起。

「由於列車出現問題，本列車將暫停行駛，請車廂內的所有乘客下車，換搭下一班列車。」

究竟是什麼問題呢？難道是列車突然故障？我感到有些驚訝，稍微不耐地走下了列車。儘管我知道不可能，卻總覺得箱子愈發沉重。

回到店內時，汗水和呼出口的熱氣已經將口罩徹底浸濕。我拿出一片全新的口罩戴上，並將九瓶清酒放進了櫥櫃。我坐在櫃檯邊擦了擦汗、滑了滑手機，看見平臺網站上出現了新聞快訊——「六號線列車司機確診」。那是我剛才搭乘的列車。

新聞說司機與乘客並未有任何接觸，該班次的列車為了防疫立刻返回了總站。

我想像著一列空無一人的列車橫越城市的畫面，像透明玻璃管一樣，融入風景當中。我這間空蕩蕩的店鋪似乎也和那條列車沒有兩樣。就在我沉浸於感傷之際，時間已經來到下午，沒有時間再拖延了。我開始熬製長崎海鮮湯麵和魚板湯，還準備了烤拼盤和刺身。

晚上七點過後，朋友們陸續到來。大家三五成群地坐在餐桌前，吃著我準備的食物互相寒暄。

漢永告訴我，燦浩聯絡他說公司加班，可能無法出席派對，南俊估計也不會來了。晚上九點過後，店內已經擠滿人，幾乎無路可走。大家的喧嘩聲在耳邊迴盪，著實是久違的白噪音，宛如剛開幕時那般充滿活力，這種幸福大概就像即將熄滅的火苗稍縱即逝吧。過沒多久，酒水和食物就已經消耗殆盡，我和漢永不停地去便利商店和附近店家補貨。

大學同學們聊天的話題果然是關於日錫，據說他靠著攝影工作甚至在論峴洞買下了一棟大樓。前造型師、把孩子暫時交由公婆照顧特地前來參加派對的宥英，不停對我說著「好可惜」。

「日錫的位子本該是你的啊！」

面對朋友們詢問「非要收店不可嗎」，我猶豫了片刻，簡短回答：

「我已經賠到脫褲子了。」

「怎麼只要是你坐過的地方都成了廢墟。」

宥英這句話引來大家一陣哄堂大笑，我喝下幾杯日本產威士忌後，大聲對整間店內的朋友們宣布，自己將重回文化藝術圈，有任何工作都請儘管放心地交給我。這是借著酒意才有辦法說出口的話。大家紛紛拍手叫好，恭喜林哲宇回歸，並且祝福我接案接到手軟。

大學同學升煥說：「我就知道你遲早會回來。」他是我當初說要轉行開店時，就曾說過「我就知道你會去做別的事情」的朋友，這些話平時聽起來很討厭，當晚卻覺得無比幸福。

晚上十一點多，有人開始準備起身回家，說氣象局發布了暴風雪預報。難怪一整天都覺得天空不太尋常。

「要是下雪，連計程車都攔不到。」

其他人也紛紛起身收拾東西，說希望能趕上地鐵末班車，三三兩兩地離開了。留到最後送客的漢永，也說他有一份企劃案要在十二點前交出，所以要先回家。

「哥，你也和我一起回去，這些東西等明天再來收，如何？」

「亂成這樣怎麼可能放著不收，你先回家吧，我大概整理一下就回去。」

「嗯，那就把垃圾丟一丟，週末再找時間，我們一起來收吧。」

我表示知道了，然後就把漢永送走。

瞬間，店內變得空無一人，這真是幸福的一天。所有人都面帶笑容，現場充滿歡愉，甚至笑到有些虛幻的感覺。我坐在吧檯前，靜靜地環視著陷入一片寂靜的店內。這間店原來這麼寬敞嗎？所以才會讓人覺得如此空蕩嗎？可惜能夠沉浸在感傷中的時間並不多，我開始收拾起剩下的食物和空酒瓶。

◇ ◇ ◇

我們最終按照漢永的期望，搬了家。

新家位於江南站附近的住商混合大樓，距離漢永的公司很近，步行即可上班，而且還有兩間房間，以住商混合大樓來說，坪數算大。

不過，我們沒能按照漢永的期待買房，因為普光洞那間的一部分押金已經被用來償還我的債務，不夠的租房押金最後是透過漢永的公司內部貸款來填補。漢永說，等我情況好轉時記得加倍償還就好，簡直像極了以前和Y相處時的我。

我花了超過半個月的時間準備搬家。那是住了超過十年的房子，也是我剛在漢南洞開設攝影工作室時，在附近找到最便宜又寬敞的房子，居住期間只有調漲過兩次房租，所以沒有太大壓力。我在那裡送走了一位愛人，又遇見了一位愛人。沒想到有一天真的會離開這間房子。

我將那些老舊的東西，也幾乎是我所擁有的一切，全部扔掉，打算重新添購符合新家的家具。儘管已經裝滿了八個一百公升大垃圾袋，需要整理的垃圾仍然源源不絕。我完全沒有勇氣將家具和家電一一搬去資源回收，乾脆請了專業回收公司來幫忙。

搬家當天，搬家公司一早就上門了，我甚至還準備了手套來面對搬家雜務，沒想到這些專業師傅直接將我和漢永擠到角落，迅速地自行打包了所有物品；抵達江南後，又以飛快的速度完成搬運和卸貨，隨後便消失無蹤。儘管家具幾乎都已經處理掉了，但要整理的物品依然多不勝數，一直到接近午夜時分，整間屋子才終於變得比較像人住的地方。也許是因為客廳比先前住的房子小了一些，所以略感沉悶，但窗戶外一覽無遺的夜景倒是不錯。

隔天，我們因為肌肉痠痛而睡到中午過後才醒來，這時，門鈴突然響起，我以為只是快遞，沒有多加理會，但是門鈴聲響個不停，我只好皺著眉頭、滿臉不耐煩地去開門。一推開大門，就看見母親拖著一個大行李箱站在門口，戴著明顯是手工縫製的碎花棉口罩。母親說她是來江南的E醫院接受定期檢查，剛好醫院就在我新家附近，所以順便來看看。她抱怨著首爾的交通太壅塞、空氣差，根本不適合人居住。

「媽，下次要來之前，至少先打個電話跟我說一聲。」

「你以為我想來嗎？還不是因為前天做了個夢，夢見你在火海裡一直哭，我伸手也搆不著你，怎麼救都救不了。醒來之後心裡七上八下的，完全無法安心，剛好又聽說你搬家了，乾脆就趁做完檢查來看看你。」

揉著眼睛從房間裡走出來的漢永，看見我母親後驚訝得連忙問好。母親只是形式上接受他的問候，接著就從行李箱拿出一個大大的泡菜桶和好幾盒裝滿小菜的保鮮盒，全部塞進了冰箱。

「你們平時都吃什麼？怎麼冰箱裡都沒什麼能吃的東西？」

「我們昨天才剛搬來，原本的東西都扔了。」

母親的禮物並沒有就此結束。她還去了基督教百貨公司，買了新家用的聖經金句和裱框過的聖像畫。除此之外，行李箱裡還裝著用氣泡紙包裹的桌上十字架、鐘錶等，她小心翼翼地拆開這些物品，分別放在每個房間裡，然後請我和漢永到擺放著十字架的客廳餐桌前坐下。漢永熟練地雙手交握，活像個每天都有在禱告的人一樣。當初母親得知我和漢永同居時（我是以很要好的弟弟來介紹），問我的第一個問題就是「他是否有信仰」，她對於漢永有信仰（儘管他已經十五年沒去過教會了）這件事感到非常滿意。當然，只要提到漢永的名字，任誰都知道他任職於一間大型企業，這點也讓母親對他加深不少信賴感。我們三人圍坐在一起開始禱告。母親宛如面對提詞機一樣熟練地背誦著禱告文。我們聽著那段像極了沒有盡頭的饒舌禱告文，時不時偷偷睜開眼睛瞄向彼此，努力忍住笑意。就在我的腳底已經癢到難以忍受時，終於聽見了阿門，結束禱告。母親睜開眼睛，露出鬆了口氣的表情。

「終於比較安心了。」

母親站起身，開始幫我們打掃新家。我知道勸她也沒用，乾脆回床上躺下。打掃完畢後，母親說火車時間快到了，要先離開。我拉著母親的行李箱，一路送她到公寓入口，打開手機應用程式叫了一輛計程車。

才剛把行李箱放進後車廂，母親便揮手示意我趕快回去。我把錢包裡的所有現金全部塞給母親，她拒絕了幾次，最終還是收下，並說會將這些錢用於十一奉獻，這樣神會更加保佑我的前途，隨即搭上計程車離去。

回到家中後，我把母親放置的那些有如陷阱般的十字架一一收好，放進了抽屜裡。

掛在更衣室裡的那幅巨大聖像畫，是一名白人男子耶穌，梳著整齊的棕色頭髮和鬍鬚，眼神明亮而神聖。我看著那幅畫覺得實在受不了，請漢永拿一支馬克筆來，直接為耶穌畫上了眼罩，最後還在左眼下方畫了一個星形的小點，然後蓋上了筆蓋。如此一來，耶穌也能好好休息了。漢永笑著調侃，說我年紀愈大愈像個孩子。

「聽說左臉頰上有痣的話，夫妻運會好。」

「耶穌的夫妻運好嗎？」

「他應該沒結婚吧？」

「好像是。」

「我們怎麼會聊這麼無聊的話題。」

「是啊，真奇怪。」

我把畫框移到抽屜後面，並對於出乎意料的沉重感到訝異。想到母親拉著沉重的行李箱從韓半島最南端來到這裡，我不禁嘆了一口氣。每次只要想起她的人生，心中就會湧起夾雜著心疼不捨和厭惡得難以言喻的情感。

母親並非從一開始就是如此狂熱的信徒。小時候，母親有重要事情時，都是去寺廟求神拜佛，比較像佛教的信徒。根據母親所言，所有的不幸都始於愛吹牛的父親涉足生意之後。父親總是寄望於未來，自從爺爺因肝癌病逝後，他就像秦始皇一樣執著於長壽這件事，他說要投身健康產業，於是拋家棄子，獨自走遍全國各地。他費盡心力找來的生意項目包括楓糖、桑黃、刺五加、人參和富氫水等。儘管父親的事業頻頻以失敗收場，但他從未灰心喪志。看見家裡那些堆積如山的貨品時，他反而有一種自己離死亡恐懼遠一步的感覺。面對母親「別再被那些荒唐可笑的騙子玩弄」的責備，父親高聲駁斥，說那些都是十年後會顛覆世界的朝陽產業。正因為如此，母親不得不獨自撫養兩個年幼的孩子，心中藏著離婚和自殺這兩張心寒的底牌過日子。靠著從事居家清潔與餐廳工作勉強維生的母親，心理狀態每況愈下，大阿姨見狀便拉著她去了教會。那是母親人生第一次進教堂，聽到讚頌曲時，她不自覺地淚流滿面，全身如發生劇烈地震般顫抖，直到身體停止抖動，忽然感受到難以言喻的歡喜。母親說，那正是被神救贖的瞬間，每當她說起此事，臉上都會浮現陶醉的神情。爾後，母親每天凌晨都會出門做禮拜，依靠耶穌那如同人生第二任伴侶般的陪伴，重新堅定活著的意志，並且稍微擺脫對父親的憎恨與怨懟。母親拚了命地工作，省吃儉用地存錢，只花三年時間，就成功在公車站前開了一間小餐廳。她取姊姊和我的名字當中各一個字「娜」、「宇」，成了餐廳的名稱——「娜宇百飯」。這間餐廳逐漸成了街坊鄰居的社交場所，大家聚集在這裡聊天、玩耍，宛如一個溫馨的小天地。我和姊姊在這裡學習寫字、畫圖上色，順利地從學校畢業。

原本每週至少會回家一兩次的父親，突然離家三年，爺爺奶奶那邊的親戚開始大鬧，催促著母親應該要幫先生做驅魔儀式，好讓先生回家。然而，與耶穌成功「再婚」的母親根本不信這些，對此嗤之以鼻，最終，大姑親自出馬，請來了巫師，舉行跳大神儀式。根據巫師所言，父親死在「北方的某處」。此後，姊姊和母親徹底與父親那邊的親戚斷絕了往來，甚至連手機號碼都封鎖刪除，下定決心當作父親真的過世了。然而，父親不僅沒死，還活得好好的，但是不斷惡化的財務狀況讓他每個月都會有一兩次在喝到爛醉時打電話來，或者傳一些錯字連篇的簡訊，通知我們他還活著。直到某天，父親打來的電話有些奇怪，他在電話裡叮囑，假如自己死掉，一定要埋在祖墳旁。他說他只要一想到死掉以後一切都會化為虛無，就感到十分恐懼，甚至難以忍受，並且再三囑咐我們，一定要將他完整埋葬，連一片指甲都不能不見。不過，反正他已經不是第一次用自身性命來博取關心，我聽完並沒有太大的動搖。

六個月後，父親的遺體在京畿道的一座溫室裡被人發現。母親和我都顯得相當平靜。由於遺體已經被棄置在那裡好長一段時間，所以死因和死亡時間難以推測。母親放棄查明真相，直接安排了葬禮，並且決定以兩天的儀式簡單辦理，安葬地點則是選在住家附近的靈骨塔。

「媽，父親拜託我們一定要葬在祖墳那裡……」

「那是一輩子心中毫無信仰的人說的話，不需要在意。」

儘管父親那邊的親戚都反對母親的決定，但母親不為所動，堅持以基督教儀式完成父親的葬禮。出殯當天，父親的遺體被送進焚化爐，在靈骨塔的塔位裡，連一張常見的照片或鮮花裝飾都沒有，是一場寂寥無比的儀式。

爾後，將近一個月的時間，母親每天都難以入眠。她表示父親經常出現在她的夢裡，從火堆裡吶喊著救命。而經營餐廳將近十年，她一向都能穩穩端著的熱騰騰砂鍋，竟突然失手掉落砸到腳，導致輕微燙傷、腳趾骨也出現裂痕。經歷了這件事後，母親下定決心，她關上店門，在鐵捲門上張貼了寫著「家中有事，暫停營業三天」的公告；她幾乎從未休店，這個舉動著實讓人感到意外。母親走路一拐一拐地帶著我和姊姊去了一趟靈骨塔，取出父親的骨灰盒，前往他的故鄉——南海的一座小島。她將父親的骨灰撒向大海，邊撒邊解釋是因為夢中看見父親在地獄般的火焰中掙扎，才會做出這樣的決定。她斬釘截鐵地對我們說：「肉體不過是軀殼而已。你們的父親沒能認識主就離開人間，實在可憐。」我對於父親未能確認自己篤信的那些保健食品究竟在十年後是否有發大財的機會，感到有些遺憾，不過，母親也表示，自從處理完這件事情之後，她的惡夢就奇蹟似地消失了。

到底誰才是真正可憐的人呢？直到現在，我還是時不時地會想起這個問題。

◇ ◇ ◇

在沒什麼好運的人生裡，如果非要選出有沾到一點好運的事情，則非工作運與戀愛運莫屬了。關店不久後，在漢永的幫助下，我接到了新的攝影專案，是漢永公司的公益基金會，要將某間位於地方的廢棄學校改造成藝術家基地，需要我幫忙製作宣傳影片與攝影集。漢永告訴我，當他把寫有我名字的企劃案一提交上去，黃恩彩組長看到就非常高興。

「她任職於前公司的時候就是你的粉絲呢，還經常截圖你拍攝的照片。」

「對了，黃恩彩也是我們這行出身的。」

「沒錯，她的第一份工作就是在雜誌社。她說當時你是業界的後起之秀，沒有人不知道你。她還說，為了見到你，這次一定會一起出差。」

根據漢永轉述，公司為了減免稅收，在這些「不賺錢且毫無用處」的公益事業上投入了巨額資金，也許真是如此，所以這次的簽約金給得相當可觀。他們為我安排了租車和助理工作人員，甚至還訂了一間兩房的度假公寓。最重要的是，這項專案涵蓋了影片和靜態攝影，既有商業性又有藝術性，作為回歸業界的信號彈，是不錯的選擇。

於是，我就因為這項專案而前往南海的K市，那是我人生第一次去的地方，卻意外地覺得熟悉。只有石頭和泥土的貧瘠海岸，港口小到難以形成漁村，還有那些開門時間不固定的生魚片專賣店，這一切都和我的家鄉沒有太大的不同，甚至連海風的味道都十分相像。

我拍攝了那裡的風景，並按照漢永制定的行程表，採訪了常駐在那裡的藝術家。那座由廢校改建的藝術家基地十分美麗，據說是由一位獲得國際建築獎的德國設計師親自操刀，重新翻修，無論把鏡頭對到哪裡，都能拍出絕美畫面，所以工作進行得格外順利。此外，為了讓公益基金會示範事業正式上路，主辦單位下足了工夫，邀請國內外知名藝術家入駐。他們幾乎都是半個明星，站在鏡頭前完全不會尷尬，非常熟練，幾乎不需要我給出指示，就能擺出最好的姿勢、說出最適合的臺詞。

在那裡待了四天後，漢永和黃組長來看我了。兩人在我面前雖然是用半敬語的方式說話，卻像一同經歷過大小磨難的多年摯友般親密。我們乘坐助理開的車，前往那些被選為負責城市重建的企業，拍攝翻修過的店鋪外觀和招牌。這些都是我和雜誌社合作時，進行過無數次的事情。由於漢永提前安排好了時間表和合作邀請，我們才得以在半天內就完成三處取景拍攝的工作。

最後一個拍攝地點是位於海岸懸崖附近的辣燉海鮮專門店，這是一家韓屋餐廳，也是K市唯一需要排隊才能吃到的名店。位在海岸邊的店家，從市區搭車過來要花不少時間，不過，因為路上車子較少，我們只花二十分鐘就抵達了。然而到了現場才發現，店家竟然大門深鎖，門上貼著一張白色的紙，上面用手寫字寫著：「因為有事，今日休息一天。」

「明明事先已經得到拍攝許可了啊……」

漢永犯著嘀咕。他一邊打電話給餐廳老闆，一邊露出戰戰兢兢的樣子，似乎是在擔心黃組長不悅。我同樣感到驚愕，只好不斷地查看圍牆內是否有動靜。後院裡有晾衣架和橡膠盆等充滿生活痕跡的物品，我看見屋子裡有人在走動。

「請問，有人在嗎？我們是從首爾下來拍照的！」

我朝裡面大喊，但屋子裡的人沒有轉頭看我，反而是漢永和黃組長走到我身邊，一起踮腳往裡面探頭查看。韓屋大廳擺放著祭祀桌，鋪著白紙的桌上，擺放著一名中年男子的照片，前方還擺著水果、食物和一具被砍掉頭的動物身體。突然間，敲鑼打鼓聲響起。

穿著彩色韓服的巫女拿著刀子反覆劈砍動物的遺體，然後走到院子裡開始跳起巫舞，一名燙著捲髮的中年女子則跪坐在她面前。巫女手中的刀子一直在滴血，將地上的草蓆浸濕染紅，祭祀桌上的白紙也濺著血跡。小鎮上唯一一家比較賺錢的餐廳，究竟遭遇了什麼風波，竟要在大白天染血跳刀舞？難道有人死掉？還是犯了什麼錯誤？或者是照片裡的男子每天都出現在夢裡？究竟是什麼信仰，使那位阿姨要跪坐在地？我看了許久後轉過身去，不願回想的記憶在腦海中上演。跪在地上痛哭祈禱的母親背影，以及站在她身後不停哭泣的姊姊和我，我的過去，我的人生。

「啊，下雪了！」

黃組長指著天空喊道。天空的確在飄雪，那是三月的春雪。輕薄的雪花一落到地面就馬上消失不見，狂風吹拂，雪花斜斜飄散，落在了祭祀桌上，也落在染血的刀子上，還落在這個生病的世界上。漢永在我旁邊張開手掌，接住雪花。雪花一碰到他的手心，就馬上融化。那瞬間，我思索關於永恆的一切，也再次思考何謂信任——宛如隨時都會破碎四散的玻璃碎片。漢永和黃組長像小狗般開心地笑著，我則是將眼睛靠到相機的觀景窗上，感覺有一道水痕從我的臉頰滑落。

雪是鹹的。

◇ ◇ ◇

居酒屋停業派對日那晚，所有人都離開後，迎來了最後一位客人。店門被推開，掛在門上的鈴聲響起，我正忙著收拾散落在各處的空酒瓶，下意識地喊道：

「我們打烊了喔！」

「只是坐一下也不可以嗎？」

站在我面前，嘴角微微上揚的人，是金南俊。

「我來得太晚了吧？」

南俊頭戴棒球帽，穿著運動服。帽子上和肩膀上都積滿了雪，顯然與新聞上看到的完美模樣不同，甚至和喬遷派對時見到的樣子也不太一樣。他表示自己是在附近剛辦完事，順便過來看看，方便的話是否能簡單聊一下。我帶他到吧檯前坐下，他向我點了一杯

Highball。我拿出一瓶剩下一半的白葡萄酒和一些餅乾，放在吧檯上說：

「只剩這些了。」

南俊笑著回答：

「這些就很足夠了，謝謝。」

「這些是要收錢的喔！」

「哈哈，但還是謝謝。」

說完，南俊就閉口不語了。他低頭注視著手機，用食指不時敲打著吧檯桌面，從較慢的「古格里長短」[31]，到較快的「扎緊茂里長短」[32]，敲打桌面的拍子逐漸加快。我看他只是盯著手機畫面，似乎沒有特別的事情要找我。雖然我好奇燦浩去了哪裡，怎麼只有他一個人來，但沒有特別詢問。

「雪下得好大啊。」

聽到南俊這麼一說，我望向窗外，的確下著大雪。南俊自言自語地說：「好漂亮。」

31 譯注：韓國傳統音樂，「長短」是一種節拍，包含節奏、速度、強弱、風格、情緒等，有著悠久的歷史，通常會藉由敲打傳統鼓類樂器演出。而「古格里長短」（굿거리장단）是韓國的「長短」當中最具代表性的節拍，原文字首「굿」是巫術儀式的意思，因古時候在進行巫術儀式時經常使用此節奏而命名。

32 譯注：由四拍組成，其中一拍再分為三小拍，這一小拍和西方音樂的節拍一二三、二二三、三二三一樣，可以說是由十二拍組成，節拍較快。

這句話讓我有點意外。曾幾何時，我也會凝望著白雪，沉浸在感性之中。那時看到雪的心情，不是會擔心找不到外送司機或者店裡沒有客人、營業額慘不忍睹，而是可以感受到美麗與自己還活著的感動；用感性的眼光看待日常與人生。

「南俊，你沒開車吧？」

「我是來喝酒的，當然嘍！」

「那你今晚可以慢慢喝了。」

「嗯？」

「我看外面的雪，應該很難早早回家。生意做久了，都快要變成氣象廳了，一看就知道這種雪不會那麼快停止，下個十分鐘，外面就會一片雪白，計程車和外送司機都會變得很難叫，客人也不會上門。其實沒下雪的時候也差不多，所以我的店才會走到這個地步吧……」

我環視空蕩蕩的店內，自嘲地說著。南俊用充滿擔心的表情看著我的臉回答：

「我聽經濟線記者說，梨泰院一帶的營業額受到的打擊特別大。」

「是嗎？其他地區不是也差不多嗎？」

「弘大和江南商圈業績雖然也下滑，但是都已經在恢復中，而梨泰院的營業額卻是下跌了百分之九十以上，然後聽說恢復得很慢。可能是因為最初關於梨泰院夜店的新聞標題實在太聳動了吧。」

「確實如此。」

「這是我前輩記者採訪ＰＯＳ機公司代表時得知的消息，畢竟記錄在那些機器上的數字是最準確的。」

「嗯，的確。」

「我是不是說了一些不該說的話？」

「不會啦，不就是為了聊天來喝酒的嘛。」

「我說這些……其實是要對你說加油。」

「比起要我付錢，我更討厭要我加油，不是有一句歌詞也這樣說的嗎？」

「啊，我不是這個意思，抱歉。」

我們之間陷入一陣沉默。我小心翼翼地向南俊提起了公寓的事情。

「漢永想要買房，應該是受你和燦浩的影響。」

「他前幾天才來我們家聊了這件事，不過，我覺得公寓價格已經到了高點，所以並沒有特別建議他購買，可是漢永的意志看起來滿堅定。」

我向南俊解釋了漢永目前的狀態，他剛送走了視如母親的小阿姨，在工作上也不太穩定，好像滿需要一個可以讓他安定下來的地方。南俊點點頭，回答：

「原來如此。我從燦浩那裡隱約聽說了一些，看來都是有原因的。」

「其實我也因為這件事滿苦惱的，畢竟，你看我自己現在的情況並不是很好。」

南俊和我維持了一段靜默。把最後一口葡萄酒喝完後，南俊望向窗外，果然已經有積雪。我起身看了南俊一眼，走進廚房，調了兩杯 Highball 端出來，在他和我面前各放一杯。

「剛才不是說只剩下那些葡萄酒了嗎？」

「人生總是有真正的『最後』。」

南俊道謝完，露出了天真的笑容。他的臉頰泛紅，本來就酒量不好嗎？他用微醺的聲音說道：

「我覺得都是我的錯，過去這段時間，我變得好敏感。」

南俊拿起手機，給我看了幾樣東西，是和燦浩一起做的房地產相關合約書與Excel表，Excel檔案裡是按照價格順序列出的生活用品清單。

V牌沙發七百五十萬韓元，B牌落地式音響六百萬韓元，E牌洗衣機一百八十萬韓元，電視機一百三十萬韓元，雙門冰箱一百二十萬韓元……

「約莫六個月前吧，燦浩把這個傳給我，說要離開我們那個家。他說家裡的所有家具物品都會留下，所以那些錢都要我負擔，只要按照當初的合約，把公寓漲價收益分一半給他即可。」

「啊……我完全不知道發生了這種事。」

「他應該是對我很失望吧。我當他是生氣了就好，對吧？」

南俊把喬遷派對後發生的一連串亂七八糟的事情告訴了我，漢永與燦浩因和我店裡的那位梨泰院確診者足跡重疊而被政府規定需要居家隔離時，南俊整整半個月都沒回家。從那時開始的矛盾愈演愈烈，燦浩因為擔心南俊只戴普通的醫用口罩不安全，所以把家裡的兩箱醫用口罩都丟掉，改買KF九四口罩，不過，也因為這件事，兩人的矛盾一觸即發。南俊說，那時的自己簡直就像半個瘋子一樣，如今才後悔好像也沒有用了。

「那現在怎麼樣？你們的關係有好一些了嗎？」

「就只是給彼此一些時間，我們的結論是，嘗試分房睡，重新認真思考一番，實在不行再來做決定。原本並排的兩張床，其中一張搬去了書房，我每天都去那裡睡，然後再也沒吵過架。我們變得像以前一樣，會笑得很開心、聊很多天，居家辦公的日子要是有重疊到，就會一起坐在餐桌上工作……但，不曉得，就像已經有裂痕的玻璃窗一樣，隨時碎掉都不奇怪。」

不知不覺間，我的手已經搭在南俊失落垂下的肩膀上。他看著我的手，繼續說：

「有時候覺得所有問題都是因為買房導致，有時候又覺得多虧那間房子，我們的關係才得以延續。真不知道這樣繼續下去是對的嗎？實在想不透。」

「一般的夫妻通常在這種情況下就會生小孩了。」

「還是我們應該一起養一隻狗？」

我們輕輕地笑了。

「哥，和你聊一聊，感覺真好。」

當南俊叫我「哥」的那一瞬間，我的內心彷彿被碰觸了一下。從南俊口中聽到「哥」這個詞總覺得有些違和，說得更具體一些，他似乎比較適合被喊「大哥」、「先生」或「代表」等，帶有濃濃敬意的稱呼。不過，如果是很久以前那個和我一起工作的《Magazine C》菜鳥記者，那個拚了命擠出笑容的人，那麼，叫我「哥」也許是自然的。還有那個臉色蒼白、出現在Y靈堂上的「上岩八六」，又會如何稱呼我呢？當時的那個人就是眼前的這個人，當時的我則變成了現在的我，正在和他面對面聊天，我對於這一切突然感到好陌生。

「哥，從那天之後，我常常想起你。」

那天究竟指的是哪一天、哪一瞬間，不必說清楚，南俊和我都心知肚明。

喬遷派對那天。

當警察接獲噪音投訴找上門時，我們一起躲在更衣室的陽臺。在那只放洗衣機都嫌小的空間裡，我們不得不緊貼著彼此的身體。當時南俊先在我耳邊竊竊私語：

「室長，你記得我吧。」

「啊，那個……嗯。」

「那你為什麼假裝不認識我？」

「其實在電視上看到你時完全沒認出來，是今天實際見到面才讓我想起來，也有些尷尬，怕你可能想要保密，就先裝作不認識了。」

「我一直都覺得你很厲害，專業又帥氣，對每個人都很親切，包括對待當時還只是小小實習生的我也一樣，很溫暖。我甚至想過，以後一定要成為像你這樣的大人。」

「剛出社會的人都會這樣看待前輩。」

「但之後，我就經常想起室長，在我疲憊或煩躁的時候，或者在公司裡不經意說錯話的時候。」

瞬間，我感到滿臉發燙，彷彿酒意快速循環。南俊的臉也和我一樣通紅。我刻意避開他的眼睛，繼續說：

「你左眼下方的痣……」

「嗯？」

「是因為那顆痣，才讓我想到是你。」

「喔，這顆啊，因為它實在太礙眼，連攝影鏡頭都拍得出來，所以到皮膚科嘗試去除過好幾次，但還是沒用，頂多變得模糊一點，過一陣子顏色又會變深。」

「不要弄掉，從面相學來看，左眼下的痣代表天生就有很好的夫妻緣，現在看來，還真準。」

南俊微微一笑，我們的目光相遇了。沒有人先主動，我們就直接接吻了。短暫卻又熾熱，足以撼動我一生的程度。在我們的人生中，南俊與我、燦浩與漢永的人生中，一道細微的裂痕悄然出現。我有預感，那竭盡全力打造的生活，最終一定會因為這道細微的裂痕而徹底崩壞。

燦浩和漢永喊我們出去，我們迅速分開，用手背擦拭嘴唇，拉開陽臺門，走出房間，回到各自的愛人身邊，可以感覺到齒輪再次緩緩轉動。

我想要回到過去，回到遇見漢永之前的那場Y的葬禮，不，回到以前那間攝影工作室，遇見叫我「室長」的南俊，回到那些尚未經歷過失敗與背叛的日子。我原以為，自己保持幸福的祕訣是不去思考過去或未來，可是，事實上，是因為我害怕後悔，也害怕擔憂，才會成為鹽柱般的存在，乾脆停止思考。

喬遷派對日當天，我沒有向南俊要聯絡方式，從那之後，南俊的臉時不時會浮現腦海，但我努力克制自己不要去想他。每次只要想到南俊與燦浩，想到他們的家，就會感覺心裡某處如被割傷一樣刺痛。

每當漢永為了改變我的人生而竭盡全力時，我都會感覺內心有一部分在剎落，那是有別於罪惡感的某種疼痛，也許是對自身的一種絕望。

假如我能像Y那樣從容地過著虛假人生，甚至徹底騙過自己，那或許還好一些，我卻連欺騙自己的本事都沒有。或者，要是我能像漢永那樣，像母親那樣，不停地朝自身信念奔赴，那麼，或許一切會有所不同吧？

儘管我知道，與南俊接吻的瞬間，我的一切將再次扭曲變形，但即便如此，我仍無法承認自己當下的情感，就只能默默地、靜靜地，希望時間就這樣慢慢流逝。

那天深夜，我最後一次拉下店鋪的鐵捲門，並貼上了以「至今為止，衷心感謝……」為開頭的休店公告。外面下著靄靄大雪，雪花厚重得讓人眼睛睜不開。我踩著路面厚厚的積雪，從梨泰院十字路口走回家，一路上，運動鞋已經凍得硬邦邦了。雖然我很想哭一場，卻流不出一滴眼淚。這就是我。

作品解析

我們或許沒有未來，但我們擁有熱血

吳恩喬（文化評論家）

收錄於這本由朴相映所寫的小說《信任的模樣》裡的四篇作品，全都是在COVID-19大流行、政府實施防疫政策和保持社交距離期間所發表的作品。這些小說描述著韓國社會在全球疫情恐慌中所展現的各種「脆弱人生」，包括恐懼與憂鬱，都清楚體現了當今社會的規範式人生及其脆弱與歧視化的分界線。

作者自出道以來，便經常藉由帶有憂鬱感的幽默刻劃出生活中穩定計畫臨時被打破的瞬間，而在這本小說當中，更是進一步深化了這樣的主題意識。與他先前發表過的小說相比，本次故事中的主要人物，以朴相映筆下的角色來說，算是很罕見地追求相對穩定的人生資源。他們擺脫了充滿壓抑的原生家庭、鄉土式的世界，畢業於首爾的某間大學，儘管過程艱辛，仍找到足以保障中產階級生活的工作和薪資，並且成功擁有能與伴侶同住的居住空間，組成家庭。他們究竟能否藉由這樣穩定的物質條件，來補足缺了一角的人生？然而，幸福與安寧也只是短暫片刻，小說展現了在突如其來的疫情風暴中好不容易親手打造的人生小花園逐漸變成一團亂的殘酷現實。

長期性的就業不安、與社會規範相悖的性向問題、被剝奪的生育權、日益嚴重的資訊偏食、邪教與民族主義繁盛、充滿攻擊性的待人處事方式與脆弱的親密世界、歸結成厭惡少數族群的自掃門前雪邏輯、儼然已如伴侶般存在的疾病——恐慌障礙與憂鬱症，這本作品照亮了這些抵抗現今、不斷複製出相同未來的定言令式[33]其實是一條死胡同的事實，並且熱血沸騰地證明著這個社會的「信念劇本」有其重新修正的必要性。

仇恨的分裂政治與酷兒規範性之困境

「二〇二〇年梨泰院新冠肺炎集體感染事件」可視為串連成這本小說的梁柱。當時，民眾在疫情下所累積的身心疲勞，轉而發洩在特定群體上，將他們汙名化、厭惡排擠，而這

33 編注：「定言令式」是哲學家康德提出的哲學概念。他認為只有基於道德做出的行為方存在道德價值。如果行為只是為實現目的之手段，則被康德稱為「假言令式」。

一連串的行為，在在展現了少數族群在面對危機的團體裡只會變得更弱勢的事實，整體社會也對他們有著充滿歧視和仇恨的政治經濟學。比方說，有些人的人生，即便違反防疫準則，也會因其社經地位而免於遭受族群化歧視；然而，有些人的人生，則會因純粹與他人動線重疊而徹底崩塌。二〇二〇年五月初，隨著當局的社交距離政策愈漸穩定，人們終於能在生活中稍作喘息，然而，就在迎來所謂「正常家庭」都會特地度過的黃金連假後，梨泰院集體感染事件再次掀開了將酷兒群體生活歸類成「特定族群」的分裂政治所應直視的慢性問題。

同樣以這段時期為背景所講述的一對三十世代男同志情侶所遭遇的危機故事——〈半個月後的愛〉，犀利地勾勒出大都市地理空間凸顯的瞬間，並且刻劃了酷兒生活共同體崩塌瓦解的瞬間。故事以燦浩為第一人稱視角展開，描述著大環境景氣好時，大企業員工的日常生活。某個加班後回家的平凡路上，燦浩對著滿月許願，希望自己的購屋請約帳戶可以被政府抽中，可是卻被最要好的同事也是同志圈好友漢永嘲笑。漢永將「任誰都無法取代的鞏固關係」以幾近「正常家庭」的型態視為人生的首要目標（第六十八頁），並指責、建議燦浩挑選伴侶的品味與戀愛習慣，說他總是喜歡那些有點偏差的人（第七十頁），一開始熱情如火，卻迅速燃燒殆盡，迎來悲慘結局（第七十頁）。漢永建議他，「從現在起，好好打起精神，去找那種可以長久交往、值得信賴的人吧，你也到了該找這種對象談戀愛的年紀。」（第七十二頁）燦浩反覆咀嚼著「不錯的對象」與「該是那樣的年紀」這兩句話的影響力，然後在許久未用的聊天軟體裡，遇見「受過良好教育」、「不混同志圈」、尋找和自己「相似的人」（第七十三頁）的南俊，然後展開約會。南俊因職業（新聞記者兼新聞主播）特性，對於透露個人隱私極為小心謹慎，甚至隱瞞實際年齡、不願公開長相。與聯考一結束就「進入了同志圈，整天泡在夜店裡度過二十世代」（第八十二頁）的自己截然不同。儘管兩人性格迥異，燦浩仍對於主動接近他的南俊心生好感，因為對方與他過去遇到的那些（爛渣）男人是截然不同的類型，應該是個安全穩定的人（第七十六頁）。

雖然兩人變成了戀人，但是積極參與酷兒社群活動的燦浩與對該文化感到不安的南俊頻頻發生衝突，南俊「非常抗拒與同志圈的人接觸」（第八十一頁），他無法理解燦浩為什麼要與朋友們一起享受娛樂夜生活，而燦浩則是對於檢視酷兒文化、觀念守舊的南俊感到煩悶。為了迎合南俊，燦浩逐漸減少應酬聚會，和他延續著在外絕不合照（第八十三頁）的約會，卻在一週年紀念日那天，終於忍不住爆發了壓抑已久的憤怒與失望。一心想要將南俊介紹給朋友並炫耀的燦浩，開始指責只渴望由兩人世界建立深情關係（第八十四頁）的南俊，指責他「這樣的關係與其說是深情，不如說是見不得人吧？既不想要被任何人看見，也不希望被任何人發現的那種關係。（……）你的情況是怎樣？被知道了又怎樣？大家早就都知道了好嗎？都知道你是同性戀，也知道你在和我交往！」（第八十五頁）燦浩殘忍地告訴南俊，在他出演的YouTube影片下，早已有許多留言懷疑他的性向，在酷兒社群平臺上，也已經有人談論他的床事表現。

就這樣，兩人的關係迎來結束的危機。但是南俊向燦浩提議，一起購買一間公寓展開同居生活，這樣就可以不用犧牲彼此的閒暇時間、共享日常，重新調整關係，並且送一條情侶手環給燦浩，於是，燦浩再次與心愛的南俊牽起了手。他們採取以一人的名義購屋、另一人申請租屋貸款租進去的方式來擁有屬於他們的房子，兩人體驗到公寓房價不停上漲的樂趣，並且興致勃勃地進行大規模室內裝潢、添購新生活用品。「看見我們兩個的名字和身分證號碼被登記在同一份文件上，感覺著實有些微妙，但我並不討厭這份感受。」（第九十三頁）他們為彼此調整日常生活中的小習慣，偶有磨擦，還要承受父母來訪時需要暫時避難的不便，但也發現了至今為止從未體驗過的同居生活樂趣。「那是超越單純的性慾或愛戀感，是某種安定的感覺」「彷彿周遭所有支柱都在深深向下扎根的那種信賴感」，燦浩的「生命中最缺乏的東西」。（第九十四～九十五頁）

然而，不可預測的疫情將兩人的溫馨小天地徹底顛覆。隨著時序邁入春天，連假將至、確診人數明顯下降，所有人都滿心雀躍。燦浩舉辦了喬遷派對，邀請漢永和他的伴侶來家中作客，並且第一次向朋友正式介紹自己的伴侶，四人一起度過了愉快的時光。然而一週後，確診人數再次暴增，到訪過梨泰院的超級傳播者的足跡隨即被完整公開。「我點開社群網站上的新聞欄，看到不少人的留言都在批評那些沉迷於娛樂而造成別人損失和添麻煩的自私鬼，以及在這個節骨眼只想著排解性需求而跑出來混酒吧的骯髒同性戀。」（第一〇〇頁）燦浩的群組聊天室裡也流傳著確診者的姓名、畢業學校、任職公司、同居人的個人資料等小道消息，還有將同志夜店裡那些男生跳著女團舞蹈的影片標題標示成「母Gay在向公Gay求偶之舞」（同志圈），充滿著嘲諷意味，還有接連不斷的「哈哈哈哈哈哈哈哈哈哈哈哈」（第一〇一頁）等嘲笑留言。更糟的是，由於漢永的伴侶哲宇在梨泰院經營一間居酒屋，但是剛好有確診者光顧，導致燦浩接到保健所通知，不得不進行居家隔離。聽聞此事的南俊頓時深陷衝擊。「萬一有人問起……像是保健所等單位聯絡你的話，我們就是沒有見過面，只是房東和租客的關係，知道吧？」（第一〇六頁）南俊戒慎恐懼，試圖與燦浩劃清界線、約束他，而燦浩則是無視於公寓裡的監視器、停車登記等各項證據，安慰南俊，並且在面對保健所人員的詢問「隔離場所是否有同住家人」時，回答「沒有」（第一〇八頁），然後在匆忙收拾行李離家的南俊所留下的一團混亂之中，回顧瞬間消失的平穩安定生活。他在喬遷派對那天起就一直懸掛著「Home Sweet Home」（第一〇八頁）裝飾彩旗的屋內，意識到因自己向月亮許願而得到的「也許是我人生中最美好的時光」（第一〇九頁），以及儼然已成過去的和平，還有嘲笑幸福願望的殘酷現實；無論當初約定了什麼，都預言了明日的背叛。燦浩想要再次許願，卻想不出任何願望（第一〇九頁）。

儘管恪守要求安穩的社會規則，在危機時刻依然會最先被捨棄的那些存在；不僅餘生，就連十五天都難以給予承諾的脆弱關係；把「要好好愛過再死」（第六十五頁）這句話視為箴言的社會；以及徹底無視在愛情中慢慢走向死亡的那些人，這種正常性的矛盾。半個月後，這份愛情還會持續下去嗎？

名為「性格」的各種外傷痕跡

小說中反覆出現的格言「性格決定命運」（第六十四頁），充分說明了個人特質將決定自身命運的性格悲劇，以及與之比擬的人生普遍規律，但是不去探究個人性格所形成的來歷與社會脈絡這點，只有一半是真實。漢永曾經對燦浩說過，「想要讓生活變穩定所付出的努力、為了與人建立持續且幸福的關係所做的努力，這些東西其實都包含在一個人的性格裡。」（第七十一頁）「現在的年輕人」展現了讓燦浩一直感到鬱悶的南俊的過往，並且深入剖析社會新鮮人的外傷痕跡，也是為了在社會上生存而變成酷兒偽裝策略的「性格」紋理與皺摺。

以南俊的第一人稱視角所展開的這則故事，是以成為電視臺正職記者的南俊，再次遇見了第一份工作時的同屆新人黃恩彩，藉此作為契機回顧過往的形式撰寫。兩人最初工作的職場，是如今已經收掉的文化雜誌《Magazine C》，南俊以實習編輯身分在這間規模雖小卻生產有品質內容的公司展開了社會生活第一步。然而，新進員工往往被分配到吃力不討好的工作，諸如問卷調查、小型訪談專欄、廣告版面設計和社群平臺管理等，除了打包雜誌發貨、泡咖啡、照顧植物外，甚至還要處理堵塞的馬桶，將其疏通等，各式各樣的雜事。儘管如此，南俊和恩彩依舊「帶著初生之犢不畏虎的熱情，每一件事情都全力以赴。」（第二十二頁）「因為我們心懷希望，只要熬過這段苦日子，之後一定會迎來更美好的人生。」（第二十六頁）然而，對於他們來說，不合理且缺乏一貫性的主編建議總是讓人感到訝異，她喜歡提起自己曾經投身民主化運動的往事，藉此來批評新一世代，還會以迎合大眾為由堅持在雜誌上使用錯字，或者推薦翻譯品質出了名糟糕的世界文學全集來培養教養等，展現著各種矛盾。然而，南俊和恩彩卻被如此極具權威的氛圍所壓制，只要遭受指責，就會陷入「自己似乎犯下了有失專業的重大失誤」（第二十九頁）的念頭，反覆自責。

尤其是與他們只差四歲的前輩裴書貞，經常將「現在的年輕人」（第二十七頁）掛在嘴邊，她利用自己是指導新人的權威角色，嚴厲地訓斥教育南俊和恩彩，也總是主導令人產生屈辱感的對話，公然找兩人的麻煩，毫無理由地吹毛求疵。重視「誠意」與「態度」

這種模稜兩可條件的她，問題就出在說出口的訓斥往往遊走在人身攻擊和侵犯隱私的邊緣。她不僅會挑剔KakaoTalk大頭照和顯示暱稱等個人在社群平臺上的呈現問題，甚至就連穿著和外表也不放過，這不禁讓南俊意識到，若要擁有職場人士的能力，其實就會需要一定程度的壓抑個人特質。

南俊和恩彩在公司的一次聚餐場合上，看出了裴書貞之所以變得如此尖酸刻薄的端倪，因為總編輯會帶頭以裴書貞的私生活作為吃飯閒聊的話題，甚至將「她大學一畢業就進來這裡工作了，成天只知道工作，所以老是被甩，都無法好好談一場戀愛。有沒有什麼好男人可以介紹一下？」（第三十五頁）這種話當成是對屬下的關愛。裴書貞一邊迎合這樣的上司，一邊出賣南俊和恩彩的私生活。

從那天之後，南俊和恩彩各自改變了被裴書貞批評過的穿著打扮和髮型，而恩彩更是被醫生診斷出罹患了恐慌症，開始接受精神科治療。儘管聽著那些前輩們的冷嘲熱諷，諸如「現在的年輕人」或「應該是當年車諾比事件洩出的輻射在一九八八年左右流入韓國，年輕人的腦子都被輻射搞壞了，所以現在才會變成這副德性」（第三十九頁）等，南俊依舊控制不住「每次只要遇到心情不好或糟糕的情況時，就會先藉由笑來緩頰」（第三十六頁）的習慣。等到約定好的試用期結束，南俊詢問主管正當問題——能否轉為正職——時，總編輯反而說他們「心態僥倖、太貪心」（第四十三頁），於是自那一刻起，南俊和恩彩便徹底放棄了情況會好轉的期待，最終，南俊在聽聞裴書貞做出令人忍無可忍的不當發言後，壓抑已久的所有憤怒瞬間爆發，毅然決然選擇了離職。

爾後，南俊以約聘記者身分進入了一間電視臺工作，他「閉上嘴巴和耳朵，全心全意埋頭苦幹」——「努力不樹立敵人，對每個人都保持友善」（第五十二頁），結果在一次偶然的機會下找到了一條獨家新聞，從此一戰成名，甚至是同梯入職的員工中唯一成功轉為正職的人。南俊看著其他同期一起加入公司的約聘員工在為了爭取勞動權益而抗爭，並且聽聞前東家已經倒閉的消息，內心不僅感到不安，還充滿自我保護的慾望，然後發現自己「和以前裴書貞經常掛在臉上的表情愈漸相似」（第六十一頁）。

南俊曾在大雪紛飛的下班路上見過裴書貞，她一個人在江南街頭，凝視著自己編輯的雜誌。不知不覺間，南俊已經到了裴書貞當年的年紀，過去對她的怨懟也逐漸變得可以理解。畢竟她是在十幾歲時出國留學，從海外名校畢業後回到韓國，為了努力融入韓國社會而孤軍奮鬥，她甚至被公司壓榨了十八個月沒有領任何酬勞，把這樣的過程視為學習與過程，在私生活被拿來當作嘲諷話題的男總編底下，為了不破壞氣氛而不得不學習在人前歡笑，有苦都往肚子裡吞。然而，長期訓練下來的結果造就了她無法區分人身攻擊與工作建議，並將這樣的攻擊性繼續傳承給每一批新進員工，藉由這種方式在公司裡生存。把惡言當作教育，把侵犯隱私當成是關係要好的這名女子，背後其實有著一名試圖打造「有如一家人的公司」

（第三十四頁）的父權制總編。然而，儘管她已經通過如此嚴苛的生存方法將自己犧牲奉獻於公司，最終也難逃公司組織重整與人員縮編的命運，成了一名失業人士。

南俊同樣也經歷了無止盡的「新進員工」約聘制，並且在必須隱藏自己性向的雙重牢籠中，度過了這段漫長時間，成為現在的他。他是那種在遭受攻擊或屈辱時會藉由傻笑來緩解尷尬氛圍、充滿防衛的人；是在相異的政權體制下都能夠備受青睞、處事圓融的人；也是從不與酷兒圈有任何交集、嚴以律己的人；是被左派、右派陣營都爭相邀請加入黨籍的無色彩正直之人；是儘管在心愛的人心中留下傷痕也會把羞恥心內在化的被動式攻擊之人；更是早已習慣說謊與假裝若無其事的孤獨之人。為了避免成為不符合社會要求標準、慘遭淘汰的「現在的年輕人」所付出的掙扎與努力——現代勞工的性格其實並非與生俱來，而是社會秩序的症狀之一，也是被刻印下來的一種外傷痕跡。

自謀出路的勞動結構與成為「我們」的失敗

加速的新自由主義勞動靈活化與競爭體制，不僅影響個體性格，還平均且深遠地影響一個人的整體人生，包含了慾望結構與人際關係等。〈成為我們的瞬間〉是在講述公司政治緊張的大企業行銷部門下，新成立的團隊所發生的故事。內容中，指自己在內與許多人的代名詞——「我們」——的組成與分裂，在這些相關場景中，不禁令人反思「自謀出路」的邏輯逐漸被認可的過程及其必然會面臨到的侷限等相關問題。

這本小說探討了女性因承擔了家庭「再生產勞動」[34]所面臨的身體特殊性，以及因此而引發的薪資勞動權受限問題，並且捕捉了只因無法參與生產與育兒等再生產勞動而被剝奪公民權的酷兒族群與那些女性的生活交錯瞬間。漢永某天被部門主管陳妍熙叫了過去，她是公司該職等裡面唯一一名女性，當初是透過公司公開招募大學畢業新鮮人的八名女性之一，即便生育小孩也沒有中斷事業，幾十年來都在同一間公司穩紮穩打地往上爬，是一個充滿勵志的標誌性人物。在即將晉升高階主管的前夕，她滿懷野心，組成了一個全新的團隊，以展示自身實力。她不僅擁有異於常人的生存力和追求名譽的慾望，還擅長將「我們」這種廣泛性的稱呼徹底瓦解。她只用一句「打算只當個襯托鮮花的綠葉到什麼時候？」（第一一四頁）直接打破了漢永的心理防線，將他對於職等已經超前的燦浩那股隱約的不安，瞬間拉到了水面上，並成功把漢永拉來自己底下。

就這樣，漢永與陳妍熙從外面挖角來的黃恩彩組長加入了數位行銷組，開始一起共

34 譯注：「再生產勞動」（reproductive labor）指的是維持家庭、社會正常運作的家務勞動，包含清掃、料理、育兒等無薪的家事勞動，對女性職涯具有重大的影響力。

事。負責幫助新團隊在公司內部穩定立足的漢永，在傳統保守的公司文化中，努力與已經熟悉自由奔放的新媒體產業氛圍的黃恩彩組長及她所帶來的組員們交流並奮鬥。以對等式稱呼、自律式工作、休閒服裝等為基礎的恩彩團隊，在公司內部被視為「出頭的釘子」，然而，從恩彩手裡誕生的企劃內容每一件都大獲成功，甚至對公司內部和社會大眾都帶來了極大影響。確認了團隊合作默契的漢永和恩彩兩人，逐漸超越了公司同事的關係，累積出深厚的友誼。恩彩向漢永透露自己與交往已久的男友陷入嚴重的倦怠期，而漢永則向恩彩坦言，自從梨泰院爆發集體感染事件後，他常常因為哲宇而感到憤怒。兩人互相安慰，給予鼓勵。

問題爆發的起因來自於同一組的成員娜娜，她未向人事部繳交大學畢業證書而受到公司懲處。雪上加霜的是，「定性、定量指標全部創下壓倒性成績紀錄」（第一四一頁）的陳姸熙，最終在晉升高階主管的競爭中，輸給了取得多張同情票、原本是同梯好友的「候鳥爸爸」——金武陣。這一連串的事件使漢永與恩彩一手建立起的團隊出現危險裂痕，陳姸熙向恩彩施壓，厲聲喝斥她盡快開除娜娜，「像她這種程度的人才滿街都是，妳以為她是因為喜歡妳才待在這裡嗎？（……）自己放眼周圍看看吧，全都是領了號碼牌在等著看妳失敗跌倒的人，難道是巴不得讓這些人抓住妳的把柄嗎？妳過去吃了那麼多苦，難道就只是為了走到今天這裡？」（第一四三頁）隨後，陳姸熙又另外單獨約見漢永，讓他對恩彩進行評價，並且說出一番耐人尋味的話，在原本重情重義的兩人關係之間播下了懷疑的種子。「人生，其實都要自謀出路，你知道的吧？」（第一四七頁）

與此同時，陳妍熙對恩彩的建議更加複雜。多年前，她曾反抗公司只要求女員工穿著制服一事，主張「要和男員工一樣穿著、一樣工作」，抱持著「如果沒有標準那就自行創造標準的心態」（第一五七頁），堅定地走出了屬於自己的道路。她選擇搬到公司附近居住，每天為準備考醫學大學的女兒煮晚餐，然後再回繼續公司加班，過著努力打拚的生活，然而，最終還是因為身為女性而在升遷門檻上遭遇挫折。她語帶自嘲地對恩彩說：「沒有家人需要照顧、沒有小孩的人，工作能力更好。（……）像我們這種畢業於女子大學的人，凡事都要比別人多付出兩倍」（第一五八頁）等，意圖藉由「我們」兩個字，再次建立另一種排斥。只是，有別於陳妍熙的勸言，恩彩早已處於懷有身孕的狀態。

同樣出身名門女子大學，比誰都還要努力生活，在自己的領域證明了實力，卻因懷孕而在公司升遷之路上受阻的另一名女性是漢永的小阿姨。漢永唯一可以放心訴說自己性向的親人，就是這位麗娜阿姨，本名金貴春。她在「引頸期盼十多年、希望能有個兒子」（第一二八頁）的家庭裡有如不速之客般誕生，並且在經商失敗的父親底下，單靠「一切都得靠自己努力奮鬥才有辦法爭取」以及「要徹底脫離家人的意志」（第一二九頁），活出屬於自己的人生。麗娜阿姨找到了一份離故鄉非常遠的電視臺工作，擔任主播，還遇到一名原以為「單調安全」（第一三六頁）實際上卻充滿暴力的男人，並在短時間內歷經懷孕、結婚、家暴與流產。漢永將姨丈對小阿姨脫口而出的惡言全部錄下，「妳本來就是個不檢點的女生，玩弄了我的真心，最關鍵的是，因為懷孕初期妳不多加小心，一直在外面鬼混才導致流產（……）打算將所有事情公布於電視臺」（第一三八頁），幫助小阿姨順利安全地結束這段婚姻。最終，小阿姨辭去了電視臺的工作，回到母校擔任老師，但即便如此，她仍然深陷各種汙衊和荒謬的緋聞當中，「母校成為工作崗位，其實也意味著，要活在曾經來參加過婚禮的那幾位賓客捏造出來的謠言當中。」（第一三八～一三九頁）然而，小阿姨只憑一定要領到退休金的堅韌信念，「搬到學校對面的公寓居住。工作十五年來，無論是刮風下雨還是下雪，無論遭受多大的屈辱，都堅持每天到學校去上班，沒有一天缺勤」（第一四〇頁）。當漢永正值青春期，經歷混亂的性向確認過程時，小阿姨成了他穩定的支柱，在他第一次遭遇失戀感到痛苦時陪伴安慰他，在他買下人生第一輛車的時候一起規劃旅行，因此當漢永得知麗娜阿姨罹患癌症甚至不幸過世的消息後，便陷入了深深的絕望當中。麗娜阿姨在「不到五十歲的年紀」「一輩子掛在嘴邊的退休金也沒來得及領取」（第一六三頁）的情形下離開了人世。

無法按照自身意願實現社會成就、屢屢遭遇挫折的女性身體；得不到制度上的支持而愈發尖銳刻薄的女人們；彷彿在嘲笑這一切般突然降臨的死亡。這本小說展示了「我們」

的分裂瞬間，也揭示了資本世界裡的勞動倫理——比較、競爭、落伍、補償等——如何滲透到親密關係中，侵蝕著人生的希望。在某個傾盆大雨的日子，漢永為了接受病毒篩檢而走在大街上，並在即將迎來光復節而展開的大規模反政權示威遊行裡，巧遇發著高燒的孕婦黃恩彩，他們短暫地共撐一把傘，以渾然不知未來將會如何發展的狀態並肩而站。

再生產主義與現世主義，滯延的今時

如同麗娜阿姨的死所展現的，即便咬牙苦撐，也不意味著堅實的未來一定會到來。以哲宇為第一人稱展開的最後一篇故事〈關於信任〉，是從麗娜阿姨的告別式開始，並以哲宇的餐廳倒閉結束，描述了原以為堅若磐石的關係以及穩定的工作，最終都迎來了空虛的結局，信任也逐漸瓦解。

在小說主要角色當中，年紀最大的哲宇，是最先懷疑關於未來信念的人物。哲宇收回對人生的信任，其關鍵契機在於戀人Y的背叛和死亡。Y隱瞞了國籍、家庭背景、學歷、戀愛關係等一切的一切，與哲宇同居，然後在某天突然消失無蹤，並於軍營部隊裡身亡。在Y的告別式上，哲宇得知了Y自從進入青春期後就開始出現病態說謊的症狀，而且因為「教會的人馬上就要抵達」（第一七七頁）而被驅趕到外面時，發現另一名同樣被驅趕在外的弔唁者漢永，竟也是與Y交往中的伴侶。面對這些真相，哲宇感到慘淡絕望，他難以區分與Y相處分享的點滴當中哪些才是事實。Y雖然是擁有「三萬多名粉絲」（第一七二頁）的Instagram網紅，但是在手機聯絡人裡，只有「富川九〇、上岩八六、慰禮九三、蘆原八〇等名稱」（第一七四頁）諸如此類約莫五十人左右的名單，像Y這樣飛蛾撲火般的人生為哲宇留下了很深的傷痕。自那天起，哲宇便下定決心，「不再輕易期許未來，也不再相信任何人。」於是，他變得「再也無法攝影了」（第一七九頁）。

「我的照片、照片中的對象，看起來都像假的。」（第一八〇頁）隨著創作慾與對人生的信任一同蒸發以後，哲宇將曾經奔跑在成功道路上的攝影工作室收掉，並在梨泰院開了一間居酒屋，並與Y的前男友——「需要一個沒有不切實際希望或幻想的人」（第一八一頁）的漢永展開戀愛。幾年後，哲宇看著漢永經歷麗娜阿姨過世的事情，和過去的自己一樣逐漸偏離人生軌道。他和放棄了一輩子奉獻於藝術的哲宇一樣，開始只著眼於滿足當下。他在全國各地四處奔波，購買各種物品與名牌，甚至買到成為百貨公司的VIP，還輾轉於各種興趣愛好，整天虛度光陰，最終甚至一頭熱地想要買一間公寓。

儘管他們的生活基礎調性已經變成了不可逆轉的「現世主義」，但是冷酷的現實總是按時送上生活的資產負債對照表。梨泰院爆發的病毒集體感染事件，為哲宇的餐廳經營帶來了巨大打擊，接連的虧損使他負債累累，並於梨泰院業主聊天群組裡面對平均一週就會看見一次的訃告，「我看著遺照，總覺得就算替換成我的臉也毫不違和。」（第二〇四頁）在這些殘酷的日子裡，哲宇除了「只能怪自己」（第二一四頁）以外，別無他法。當他的戀人語帶堅定地說：「到死都要一起」（第二一〇頁）過日子，這句話聽在哲宇耳裡只覺得胸口發悶、痛苦不堪。「每每回想起我們的關係始於一個男人的虛假人生，以及比他的人生更虛假的死訊，就會覺得人與人的關係真像個笑話。」（第二一〇頁）

回憶起來，對於「信任」的認知，哲宇其實早在很久以前就認為是虛無縹緲又可悲的東西。「總是寄望於未來」（第二二七頁）的哲宇爸爸，曾經「以房產作為抵押，不斷用家人的名義四處借錢，然後嘗試各種生意」（第二一五頁），最終只是成了一個吹牛成性的投機者，甚至客死他鄉，家人們在做完法事、舉行完葬禮和遷葬儀式後，才得以與他正式告別。很年輕就成了一家之主的哲宇母親，以信用不良者的身分從事居家清潔與餐廳工作，拚了命地賺錢，獨自撫養兩個孩子。她在得不到救贖的生活中掙扎，最終是透過宛如閃電般降臨的神，才得以「稍微擺脫對父親的憎恨與怨懟」（第二二八頁）。爾後，儘管飽受關節炎折磨，她仍堅持每天清晨步行去參加晨禱，拿到孩子給的零用錢也會毫不猶豫地全部捐給教會，成了一名熱血信徒。然而，隨著疫情爆發，她的信仰逐漸發展成盲信，對哲宇說：「你是主的孩子，無須擔心。」（第二〇四頁）並主張「立刻收掉居酒屋返鄉生活，（……）主會讓大家溫飽。」（第二〇五頁）哲宇深知這荒謬的信仰之心，來自於母親作為一名成功熬過艱苦生活的女性所累積的長久怨恨，因此，喬遷派對那天電視正在播放大型教會堅持舉行集體禮拜的新聞時，聽到南俊以「腦子破洞」（第一九六頁）來形容那群信眾才會感到忍無可忍。「那些人可能也和我們一樣覺得悶吧。（……）對於某些人來說，週末去一次教會，很可能是他唯一一次的外出，對他們而言，去教會裡喊啊、唱歌啊、禱告啊，可能是他們的興趣或活著的樂趣，不需要把群體過度妖魔化吧？」（第一九七頁）

即便是在所謂「K-檢疫[35]」這種充滿自豪的表達方式下，仇恨厭惡依舊蔓延，歧視也總是向社會底層流淌，被汙名化的群體之間也相互指責。哲宇的母親會稱外籍勞工為「烏茲別克人」（第一八八頁），言語間也會透露對他們的厭惡之情；還提出了怪異的邏輯，說自己為了不影響周圍的人，即使生病也要避免接受篩檢，甚至相信教會團體在群組聊天室裡散播的假新聞與陰謀論，諸如「政府給老人施打來歷不明的疫苗」「某個操控世界的幕後組織在散播假病毒，然後再讓含有微型奈米機器人的疫苗流通到市面上，透過民眾施打疫苗，進一步操控人類的意志」（第二〇五頁）。隨著農村人口高齡化，不科學的宗教勢力逐漸滲透，資訊邊緣化的族群也變得愈來愈不斷以結構式量產。人們批評這些受謠言影響的鄉下老人愚昧無知，但哲宇深知像母親這種一生無依無靠的人，之所以會想要投身盲信世界，背後其實有著一份迫切感。唯有虔誠祈禱，母親的惡夢才得以減少，而在K市展開的那場血腥法事，也展現了拚命抓住信仰努力支撐生活的人們所展現的懇切感，哲宇看著這一切，感受到憤怒與悲傷交錯的複雜情感。

疫情蔓延得愈發嚴重，已經到了「回想當初大眾對梨泰院的指指點點，不禁覺得好笑」的程度，除了「高級香水品牌和大企業的快閃店」（第二〇七頁）以外，整個商圈已經到了全滅的地步，哲宇才終於不得不申請個人重整與停業流程，然後接受漢永的援助，重拾攝影工作。儘管每天都在一步步走出黑暗期，但哲宇依舊為無法向伴侶傾訴的一段記憶暗自受苦，因為在燦浩與南俊舉辦喬遷派對那天，哲宇想起了很久以前在Y的告別式上見到的「上岩八六」（第一七六頁），同時也是更久以前自己還在擔任攝影師時曾在工作室裡遇到的雜誌社新人南俊，兩人曾有過一段既私密又驚愕的獨處時間——派對當天，鄰居因噪音困擾而向警方報警，警察突然登門，哲宇和南俊湊巧躲在一起，悄悄地聊到過去的記憶。在混合飛沫儼然已成冒險的大疫情時代下，兩名男子放著各自的長年伴侶，竟藏身在牆壁後方，滑入彼此的嘴唇和熟悉的衝動（而非陌生的安穩）之中。他們選擇背叛「天生就有很好的夫妻緣」（第二四二頁），彷彿是在自我應驗「性格決定命運」的怪異

35 譯注：K-Quarantine 是二〇二〇年推出的術語，描述韓國在COVID-19大流行期間為限制病毒傳播而採取的策略，包括檢疫系統、外展活動、測試和接觸者追蹤。「K-檢疫」一詞最早由韓國衛生福利部提出。

預言一樣，交換了短暫卻又熾熱的親吻。

對於哲宇來說，「信任是宛如隨時都會破碎四散的玻璃碎片」（第二三四頁），「對自身的絕望」（第二四三頁）這種結局其實早就習以為常。在大雪紛飛的停業派對日深夜，哲宇走在視野受阻又寒冷的街道上，「雖然很想哭一場，卻流不出一滴眼淚。這就是我」（第二四三頁）。

◇◇◇

高燦浩渴望的購屋請約帳戶被政府抽中、金南俊想出的住宅抵押貸款、金貴春引頸期盼的退休金、林哲宇依賴的信用貸款帳戶、柳漢永申請到的租房貸款等金融商品，以及黃恩彩和過去的裴書貞所渴望轉正職的機會、陳妍熙夢想的高階主管職位與女兒順利考上醫學大學，還有哲宇的母親祈禱的天國生活……小說中的每個人物都在為實現更美好未來而付出努力，是「風險社會」下為了管理危機，而將當下時間作為人質的極其平凡市井小民策略思維。在藉由榨取當下企劃未來的過程中，他們的靈魂被撕扯得支離破碎，所以需要關懷的時間也拉得愈來愈久。對於那些無法按照結婚、生子、育兒等一連串規範性人生劇本生活的少數者來說，需要的是另一種時間性的發展以及另一套信念的腳本。這種腳本並非固定，而是臨時性的，但也正因為如此，才有辦法成為抵抗的基地，藉此重建並且實驗那份崩塌的社會信任。

收錄於《信任的模樣》裡的四篇小說，都在暴雨和大雪紛飛的場景中，照亮了那些孤立無援或遭受隔離的人們。漆黑世界與孤立感的情緒，以及早已習慣不幸的人們平靜的面容，帶出了毫無反思、直線推進的世界進程。這些人因為無法做出任何計畫所以感到無比不安，但是他們也覺得無法再盲目地投身於不可預見的未來。也許要先從思索這種分裂破碎的時間開始，才有辦法讓自己擁有不一樣的明天——朴相映的小說就是在描述這樣的預感。

作者的話

直到幾年前為止，我還同時擁有「上班族」與「作家」這兩種頭銜，每天過著去公司上班和寫作的雙重生活。當時的我，經常利用午休時間獨自到公司附近的公園享用三明治，也會看見推著嬰兒車、坐在草地上的家庭，那些才剛學走路的小朋友，以及注視著孩子們的年輕爸爸媽媽們，我聽著他們那根本沒有憂鬱或疲勞等單字可以插手的歡樂笑聲，不禁感到一陣沒來由的剝奪感。

下班路上，只要擠上滿載乘客的公車，就會特別容易注意到那些腳後跟已經磨平的黑色皮鞋、臀部位置被磨到光滑的褲子，以及歪斜的眼鏡框等。

我經常思考，人類發明出來的幸福與不幸。

這本書的每個角落，記錄著我當年內心的溫度。

過去幾年裡，我剛好有機會與不同領域的人一起工作，每次接過形形色色的職場人士遞給我的名片時（明明是我自己選擇成為自由業者），都會暗自心想：我所屬的地方、我向下扎根的地方究竟會是哪裡？而崔真雅給了我一個答案，她說：「你的書就是你最棒的名片。」她是我認識的人當中最有能力又勤奮努力的上班族。她二十五歲進入第一間公司工作，並在那裡堅持了十多年，在她的幫助下，我才得以在這次撰寫的小說場景中，加入許多生動的細節。除此之外，我也欠金泰利和朴美貞許多人情債，要是沒有她們即時分享購屋請約帳戶的申請奮鬥記，我根本沒有勇氣去著墨關於房地產的問題。另外，最近剛轉職成功、加入新公司的李正宇，同樣也毫無保留地向我分享了自己在日常生活中所感受到的酸甜苦辣——當然，在對他進行採訪時已經請他吃過飯，但我打算再請他吃一頓奢華大餐和美酒，以表謝意。

另一方面，我很容易被那些努力開拓自身道路的人吸引，而Blossom公司代表池英珠就是這樣的人。多虧有她在成為公司代表之前、還只是個小員工的職場故事，讓這本小說變得更為豐富。預防醫學專家全勇雨先生，針對防疫政策的動向與疫情問題給予了非常仔細的答覆，儘管有時需要面對鑽牛角尖或莫名其妙的問題，他也總是耐心地回答我，我想要將「擔任我永遠的主治醫師」這份榮耀頒給他。多虧ＫＢＳ電視臺徐英敏記者，我才有辦法詳細聽取到疫情期間小商人所遭遇的實際情況；而朱煥哲則是針對初期的自我隔離系統，向我做了詳盡的說明。幸虧有這些人的幫助，我才能至少粗略地勾勒出這本小說的主要背景——疫情。

我也要感謝那些與我一起度過艱難的新人時期的同事，以及耐心聽我抱怨的每一位朋友，向各位表達由衷的感謝。

撰寫小說並且出版，其實就是一場與未知的不安所做的對抗。在我創作、修改這本連作小說的過程中，幸好有合作已久的諸多專業人士與我同行，使我內心減輕許多不安。鄭敏嬌編輯是我合作過多次的貴人，這次同樣也為完成這本書而從頭到尾不遺餘力地幫了我許多大忙，假如沒有她和我一起兩人三腳並肩前行，就不可能有現在這本書誕生。在我獲得文學村新人獎並且正式踏入文壇出道時，還只是一介小職員的鄭恩珍編輯，如今已經晉升成組長。雖然這可能是我單方面的情感——但畢竟一路走來一起成長，所以對她會有一種近似於同志的革命情感。此外，我還要感謝文學村相關人士，因為有你們，這本單行本才得以問世。還要感謝崔恩榮、黃善宇作家，為這本書撰寫了耀眼的推薦文，以及吳恩喬評論家為本書撰寫解說。

過去幾年間，疫情席捲全球，我們都親身經歷了被撕毀破碎的日常生活。身不由己的隔離孤立不計其數，身心也時常失去平衡。在寫這本小說的期間，我一直希望再也不要有人因為疾病而被汙名化或者遭受排斥，而如今回首，這樣的心願其實早已刻在這本書的每一句話裡。我是一個對「希望」沒有什麼期待的人，但至今依然相信這份微弱的信念能夠救援人類。即使身陷絕望，我也不得不堅持坐在書桌前寫下這個故事，因為這就是我的工作，也是我唯一能做的事情。

希望這本書裡的故事，能夠傳遞至所有在日常生活中努力打拚的人們。

二〇二二年七月

朴相映

—收錄作品發表資訊—

現在的年輕人……季刊《創作與批評》二〇二一年春季號
半個月後的愛……《Axt》二〇二一年九／十月號
成為我們的瞬間……《littor》二〇二一年十二月／二〇二二年一月
關於信任……《文學村》二〇二二年夏季號

＊小說中的部分地名取自現實，但空間及事件皆為虛構。
＊小說背景設定參考徐昌綠作者的《我感染了：UN人權委員的新冠肺炎確診日記》（文學村，二〇二一）、蘇珊・桑塔格（Susan Sontag）的《疾病的隱喻》（*Illness as Metaphor*）；與地鐵有關的情節，則是參考《東亞日報》二〇二一年十二月七日新聞（https://www.donga.com/news/article/all/20211207/110665812/2）；提及疫情和疫苗的場景，則是參考《自然醫學》期刊的文章（https://www.nature.com/articles/s41591-022-01728-z）。

潮浪小說館 005

信任的模樣 믿음에 대하여

作者　朴相映（박상영）
譯者　尹嘉玄
主編　楊雅惠
專案編輯　吳如惠
校對　吳如惠、楊雅惠
裝幀設計　之一設計
版面構成　獅子王工作室

出版　遠足文化事業股份有限公司 潮浪文化
發行　遠足文化事業股份有限公司（讀書共和國出版集團）
電子信箱　wavesbooks.service@gmail.com
粉絲團　www.facebook.com/wavesbooks
地址　23141 新北市新店區民權路 108-3 號 3 樓
電話　02-22181417
傳真　02-86672166

法律顧問　華洋法律事務所　蘇文生律師
印刷　中原造像股份有限公司
初版一刷　2025 年 5 月
初版二刷　2025 年 6 月
定價　500 元
ISBN　978-626-99618-0-1(平裝)、978-626-99618-6-3(EPUB)、978-626-99618-7-0 (PDF)

國家圖書館出版品預行編目（CIP）資料

信任的模樣 / 朴相映著 ; 尹嘉玄譯 . -- 新北市 : 遠足文化事業股份有限公司潮浪文化出版 : 遠足文化事業股份有限公司發行 , 2025.05　面 ;　公分 . -- (潮浪小說館 ; 5)
譯自 : 믿음에 대하여　ISBN 978-626-99618-0-1(平裝)

862.57　114003707